LA
BAUME-ROLAND

LÉGENDE PROVENÇALE

PAR

A. DE JAUBERT

PARIS
O. BERTHIER, ÉDITEUR
104, Boulevard Saint-Germain — 104

1882

LA BAUME ROLAND

Draguignan. — Imprimerie Gimbert fils, Giraud et Cⁱᵉ

LA

BAUME ROLAND

LÉGENDE PROVENÇALE

PAR

Mme Antonie JAUFFRET

PARIS

O. BERTHIER. ÉDITEUR

104. Boulevard Saint-Germain, 104

1882

OUVRAGES

De Mme Antonie JAUFFRET

Félibresse de la Mar

ET

Félibresse de la Maintenance de Provence

Sous Presse :

A

FRÉDÉRIC MISTRAL

~~~~~~~~~~

Cher Maître,

Vous avez bien voulu me recevoir dans les rangs de vos Félibres.

Je vous remercie de cet honneur, et vous demande la permission de vous faire hommage et de vous dédier cette Nouvelle qui est une Légende de la Provence, si chère à votre cœur.

Inscrire en tête d'un livre votre nom si connu de tous les amis des Lettres, illustre Poète, chantre du pays des Troubadours, c'est donner à ce livre l'espoir d'un favorable accueil.

Agréez, cher Maître,
l'assurance de ma sympathique admiration.
ANTONIE JAUFFRET.

Bois-les-Roses, le 24 mars 1882.

Madame,

J'accepte avec bonheur la dédicace de la *Baume Roland*.
J'ai lu dans la *Provence à travers champs* la première
publication de ce gracieux roman et j'ai été intéressé
et charmé par les scènes bien vivantes et le caractère
franchement provençal de cette œuvre qui justifie brillam-
ment le titre de Félibresse décerné à l'auteur par la
Maintenance de Provence.

Veuillez agréer, Madame, avec mes remerciements
cordiaux l'expression de mes sentiments très-distingués.

F. MISTRAL.

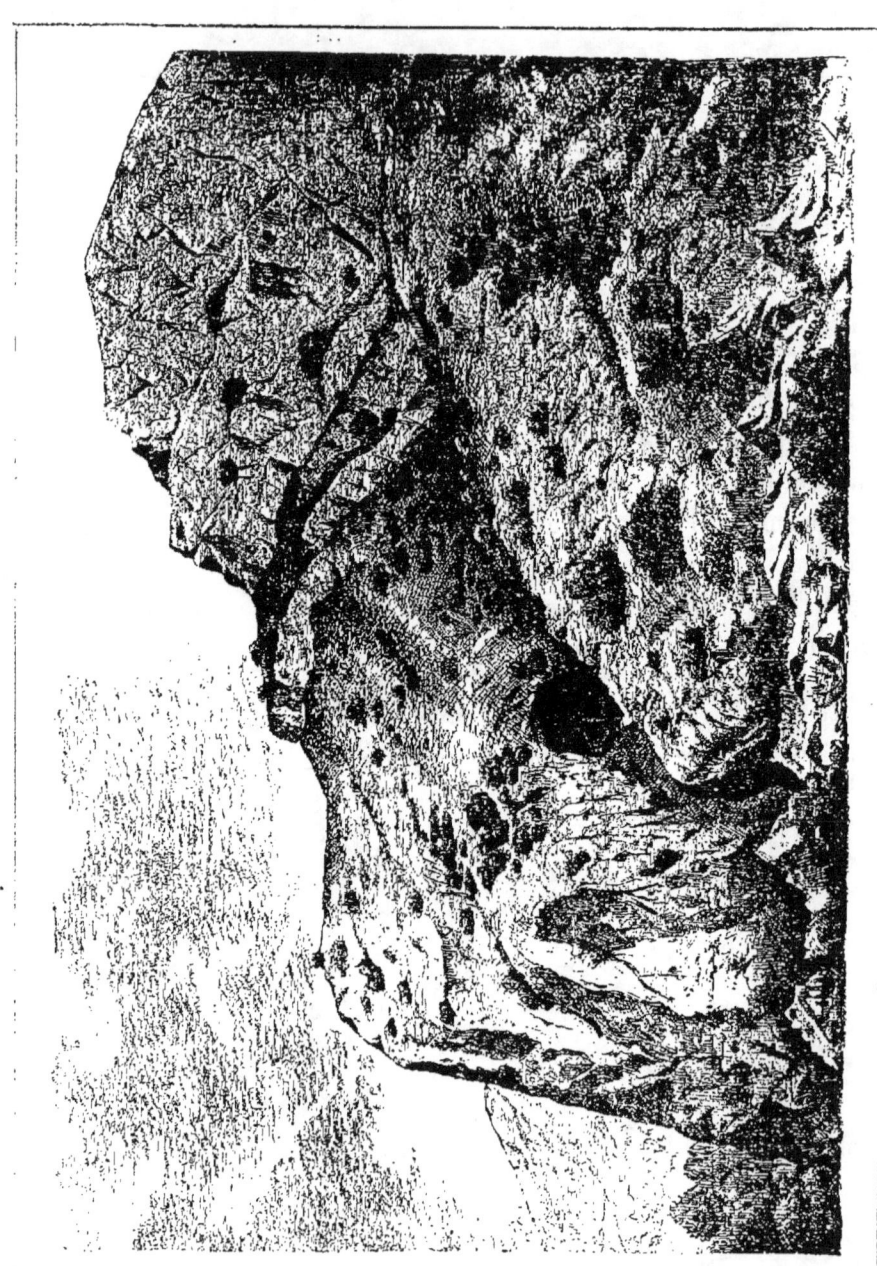

LA BAUME ROLAND

LA BAUME ROLAND

LÉGENDE PROVENÇALE

En 1826, la banlieue de Marseille offrait peu de similitude avec les sites verdoyants qu'elle présente aujourd'hui, grâce à l'action bienfaisante des eaux de la Durance, amenées par les gigantesques travaux de l'ingénieur *de Montricher*, jusqu'à son sol aride qu'elles ont transformé en jardins riants, en oasis délicieuses.

A l'époque dont nous parlons, les prairies artificielles qui luttent maintenant de fraîcheur avec celles du Nord, n'existaient point ; la campagne provençale, était, toute entière, divisée en *oulières* de blé, (1) d'oliviers, et de vignes dont les produits possédaient un certain renom au-delà même de l'ancien royaume du bon roi René.

Parmi les plus belles bastides (2) du terroir, on remarquait alors celle de *Mesté* (3) Bouis, l'un des plus riches paysans du quartier de Montredon.

Montredon, même dans les temps bien antérieurs aux nôtres, pouvait être considéré comme l'un des plus jolis points du littoral. Bâti au pied des montagnes dont il est séparé seulement par de vastes bois de pins ; envisageant, à la fois, l'antique Phocée, son port d'aspect pittoresque, sa rade où glissent les barques aux flottantes banderolles, et l'entrée de son golfe bleu qui miroite sous la pluie des étincelles diamantées que lui verse un soleil tropical, ce village présente aux touristes un coup d'œil des plus séduisants.

(1) Bande de terrain parallèle avec les *outins* qui sont spécialement destinés à la culture des légumes.
(2) Maison de campagne.
(3) Mesté, *Maître,* terme équivalant pour le paysan à celui de *Monsieur.*

Par une brûlante après-midi du mois de juin, la bastide de *Mesté* Bouis avait une animation inaccoutumée. On célébrait la fête de la moisson. Quelques gerbes dorées se dressaient encore, ça et là, sur les sillons où de pauvres vieilles de la contrée étaient venues glaner les derniers épis.

Les garçons, chantant à tue-tête, disposaient artistement les meules sur l'*aire* (1). Les femmes dispersées dans la campagne, cueillaient les marguerites, les coquelicots, les bleuets et les roses sauvages qui devaient composer le bouquet rustique qu'on allait offrir au maître de céans, en l'honneur de la coupe des blés.

Les conducteurs des charrettes, épongeant leur front qui ruisselait sous les traits de feu que leur décochait Phœbus, alors à peu près au milieu de sa course, poussaient leurs bêtes récalcitrantes dans les chemins, peu carrossables, conduisant au village.

Dans une oulière, à l'écart, sur la limite du *bien* (2) de Mesté Bouis, s'abritant sous le feuillage léger d'un large amandier tout couvert de ces fruits mignons qui, décorés du joli nom d'*amandes-princesses* ont acquis une réputation européenne, se tenait une belle jeune fille de dix-huit ans environ, aux grands yeux doux et mélancoliques, dont le profil grec se détachait sous une opulente couronne de cheveux noirs. Un étroit casaquin de velours dessinait ses épaules gracieuses et sa taille flexible. Ses petites mains brunes, mais de forme délicate, étalaient avec distraction sur sa jupe de laine bleue bordée dans le bas par un large galon, quelques tiges éparses de blé et de folle avoine qu'elle cherchait à lier avec des brins d'herbe. Mais le travail de la jolie glaneuse n'avançait pas, car ses doigts fins s'occupaient, seuls, de son ouvrage ; ses yeux, qui devenaient plus doux encore suivaient tous les mouvements d'un jeune garçon debout devant elle, se dissimulant le plus possible aux regards des cultivateurs, grâce à la saillie que formait un rocher placé près d'eux.

Pour elle, elle semblait oublier le monde entier en écoutant les paroles, sans doute bien tendres qu'il sussurait à son oreille ravie.

A ses pieds dormait un chien roux, de la race dite des *Loubets*. Dans cette race, le paysan méridional cherche surtout un compagnon fidèle. L'animal répondait à l'appellation de *Loubet* qu'on avait cru devoir lui donner en raison de son origine.

Cette jeune fille était l'unique enfant de Mesté Bouis. Elle se nommait Marie. Mais à cause de sa prédilection pour une petite fleur,

---

(1) *Aire :* surface plane et pavée de cailloux, habituellement située en un endroit élevé et exposé au vent.

(2) Terme employé en Provence pour indiquer *la propriété.*

assez commune dans le terroir et dont l'arome, excessivement pénétrant, la fait préférer dans la ferme plutôt que dans le château : *la cassie
(Acacie),* on avait changé son nom. Elle parcourait les champs
avec une cassie posée comme une étoile d'or au coin de sa bouche
rose. Les observateurs villageois remarquant ce manège innocent,
mais trop coquet peut-être pour leurs goûts, avaient formulé contre
lui une pittoresque critique en baptisant celle qui s'y livrait du
sobriquet de *Cassiette.*

Dans ce moment-là même, la fille de Mesté Bouis mâchonnait du
bout de ses dents blanches la tige de la fleur à laquelle on l'assimi-
lait, tout en buvant, charmée, avide, les sons caressants de la
voix d'Emery. (C'était le nom du jeune paysan placé à ses côtés).

Au milieu de ces travaux rustiques le jour s'avançait ; les brises
de mer, soufflant du large, commençaient à rafraîchir les cultivateurs.
Au centre des collines, *Marseilleveire* (1) dressait toujours son front
ensoleillé, mais l'ombre se répandait déjà dans la campagne quand
Mesté Bouis s'adressa à ses journaliers.

Mesté Bouis était un homme d'une cinquantaine d'années ; de haute
stature, robuste, aux traits réguliers mais durs, à la voix rude, au
regard perçant.

— Assez, les enfants ! cria-t-il : vous avez suffisamment bûché
comme ça pour aujourd'hui. Aussi bien, il ne reste presque plus de
gerbes sur les sillons et l'on peut se mettre en fête. — Femme, poursuivit-il, en s'adressant à une paysanne assise à quelques pas de lui,
fais dresser les tables, puis, dis au garçonnet d'aller à Montredon
chercher le *tambourinaïré* (2). — Je veux que l'on s'amuse ici ! La
jeunesse n'est pas faite pour rester inactive. J'aime mieux la voir
danser que s'endormir comme des couleuvres au soleil.

En achevant ces paroles, les yeux de Mesté Bouis s'étaient portés
sur le groupe formé par sa fille et Emery, qu'un mouvement de l'as-
sistance venait de lui découvrir dans l'abri tutélaire qu'ils croyaient
avoir trouvé sous la saillie de leur rocher.

A cet ordre joyeux, les travaux cessèrent soudain. *Misé* (3) Bouis
se dirigea vers la maison.

La mère de Cassiette, triste souvent, douce toujours, parlait peu
et agissait beaucoup. Excellente ménagère, sans faire de bruit, elle
savait être partout à la fois. En un clin d'œil, des tables rustiques

(1) Chaîne de montagne assez élevée bordant la côte du côté sud.
(2) Ménétrier de village qui joue à la fois du fifre et du tambourin.
(3) *Misé*, titre que les gens du peuple et les paysans donnent aux femmes d'un
certain âge et qui équivaut à celui de *Madame.*

furent dressées ; des mets simples mais abondants et de nombreux brocs de fraîche *piquette* y vinrent réjouir les regards des convives. Ceux-ci riant, plaisantant, se poussant, allèrent prendre leur place.

En passant devant les amoureux qui, eux, n'avaient rien entendu, une des jeunes filles s'arrêta :

— Eh bien ! leur cria-t-elle, avez-vous assez *caligné* comme ça ? Prends garde, Cassiette ! ton père regarde bien souvent de ce côté...

Puis, elle s'éloigna en fredonnant pour rejoindre ses compagnes.

— Mon Dieu ! s'exclama Cassiette toute rougissante ; je m'oubliais.... On va se mettre à table. Emery, à tout-à-l'heure.

— Quel dommage, soupira Emery ; c'est si bon de causer comme ça un peu tranquille. Et depuis quelques semaines, ça ne nous arrive pas souvent ! Après souper, le tour des danses viendra. Tu me donnes le premier quadrille, n'est-ce pas, Cassiette ?

— Pas le premier, si mon père rode par là, mais pour le second, je t'attends !

Elle fit mine de s'éloigner.

— Alors, tu pars ? murmura tendrement la voix triste d'Emery.

— Pas tout-à-fait ! dit Cassiette, en adressant au jeune homme un sourire qui découvrit l'émail de ses petites dents de rat.

Selon sa coutume favorite, elle serrait une fleur de cassie au coin de sa bouche. Elle se recula d'un pas, puis, revenant tout-à-coup vers Emery, avec un geste d'une grâce indescriptible, elle lui souffla la cassie au visage.

— Garde ceci, acheva-t-elle.

Et toute ravie de sa malice, elle s'en alla, en envoyant aux échos un éclat de rire argentin.

— Oh Cassiette ! ma Cassiette adorée..... fit-il en baisant la fleur qu'il cacha ensuite dans son sein.

Sans que nous prenions la peine de le lui expliquer, le lecteur a déjà deviné le secret de la petite idylle campagnarde dont nous lui esquissons le tableau. Emery, voisin des Bouis, avait été le compagnon d'enfance de Cassiette. Avec le temps, les enfants s'étaient aimés de toute leur âme, mais si Emery était un brave et bon garçon, solide travailleur, il ne possédait ni sou ni maille, et le père de Cassiette, riche pour sa condition, voulait pour sa fille un mariage relativement brillant. Aussi, depuis quelques mois déjà, il avait interdit à Cassiette tout à-parté avec son cher *calignaïre,* et les deux jeunes gens désolés, mais plus amoureux encore, en étaient réduits à ne plus se voir qu'à la dérobée.

Le repas champêtre commença. Plein d'entrain, accompagné de joyeux éclats de rire, il se prolongea jusqu'au moment où les ménétriers du village de Montredon arrivèrent sur le lieu de la fête. Des cris d'enthousiasme, des applaudissements saluèrent leur venue ; ce fut une folle bousculade. On se précipita vers l'*aire,* où des enfants jouaient encore avec les chevaux aux yeux bandés qui avaient servi à fouler le blé.

On entassa paille et graine au fond de l'*aire ;* sur sa plate-forme, bien débarrassée, on établit des futailles vides qui servirent d'estrade aux musiciens et bientôt les danseurs s'élancèrent en cadence aux sons entraînants du galoubet, du fifre et du tambourin.

Dès les premiers accords de l'orchestre rustique, un gros homme d'une quarantaine d'années, haut en couleur, mis en paysan très-cossu et paraissant fort satisfait de lui-même, quitta précipitamment la table en essuyant sa moustache encore mouillée de vin à la manche de sa veste. Il courut à Cassiette, et, d'un air prétentieux, plein de gaucherie, il lui demanda le premier quadrille.

Les noirs sourcils de la jeune provençale se plissèrent ; le galant malencontreux s'appelait *Mesté Tisté.* C'était un ami de Bouis qui l'avait en haute estime, car il possédait à Salon une terre toute complantée en magnifiques oliviers, laquelle passait pour être la plus productive du pays.

Depuis quelque temps, ses visites à Montredon étaient devenues bien fréquentes, et Cassiette remarquait avec une certaine inquiétude que l'opulent propriétaire avait de trop longs conciliabules avec Mesté Bouis.

Pourtant, grâce à cette intuition de la diplomatie qui est innée chez toutes les femmes, la jeune fille ne voulut pas faire mauvaise figure au protégé paternel.

Elle mit sa main mignonne dans la grosse patte rouge du marchand d'huile, et prit avec lui place à la danse.

Un secret pressentiment serra le cœur d'Émery à cette vue ; s'étant retiré un peu à l'écart, il s'établit en observation.

Après le quadrille, ce fut le tour d'une joyeuse farandole ; les pieds ne touchaient plus terre et les danseurs semblaient s'élever jusqu'aux premières branches des pins environnants. Cassiette avait regagné sa place. Fatiguée, sans doute, d'entendre les galanteries au gros sel dont Mesté Tisté l'accablait, elle avait demandé à prendre un peu de repos.

Le paysan salonais s'engagea avec Mesté Bouis et quelques notables du lieu dans une grande dissertation sur la qualité probable des olives de la saison prochaine.

Emery, n'osant s'approcher de Cassiette, demeurait dans son coin, triste, rêveur, la tête basse, sombre et jaloux, sans trop savoir encore pourquoi.

Soudain, une pluie de lavande, de thym et de romarin, aux âpres senteurs, jaillit au-dessus de lui et vint inonder son visage et ses vêtements.

Une cascade d'éclats de rire égrena ses notes perlées à ses oreilles. Il leva les yeux avec mauvaise humeur.

Une bande de jeunes filles du village, tenant encore en mains les odorants projectiles dont elles venaient de le bombarder, se pressait à ses côtés.

— Eh bien ! Emery, crièrent-elles : que fais-tu donc là, tout seul, un jour de fête? Viens danser avec nous.

— Je suis las, répondit Emery ; j'allais m'endormir et vous êtes venues m'éveiller.

— En te jetant des fleurs, ripostèrent les fillettes. Plains-toi !

— Mais si ! je souffre de la tête. Cette odeur de lavande me fait mal.

— Est-ce bien à la tête que tu as mal? goguenardèrent ses persécutrices ; ne serait-ce pas plutôt au cœur? Voyez donc ce délicat, qui craint le romarin.

— Eh ! sans doute, renchérit l'une d'elles ; le thym n'est pas de son goût : Emery n'aime que la *Cassie... ette!*...

Les folâtres s'éloignèrent précipitamment, car les premiers accords d'un nouveau quadrille se faisaient entendre. Ce provoquant appel parut tirer soudain Emery de sa tristesse. C'était le signal de la contredanse accordée par Cassiette. En deux bonds, il se trouva près de la jeune fille ; mais au moment où il avançait la main pour prendre la sienne, le bras de Mesté Bouis, qu'il ne croyait pas si près et qui s'était approché tout-à-coup, s'interposa entr'eux.

— J'ai promis, en ton nom, cette contredanse à Mesté Tisté ; dit-il à Cassiette, en lançant au jeune paysan un regard froid et dur comme l'acier ; c'est le moment de ratifier ma promesse.

Ce fut un coup de foudre. Cassiette pâlit. Emery recula comme frappé au cœur ; mais devant la volonté du père, il n'y avait pas à répliquer. Il s'éloigna de nouveau, la mort dans l'âme, en proie à l'obsession de ce pressentiment secret que les natures d'élite ressentent généralement à l'approche d'un danger inconnu, mais inévitable. Mesté Tisté, lui, s'était approché en toute hâte avec son empressement lourd et sa galanterie gauche. Cassiette sentit le sang bourdonner à ses tempes ; elle se laissa entraîner au quadrille sans avoir conscience de ce qu'elle faisait.

La danse fut animée et longue. Quand les derniers accords se firent entendre enfin, la jeune fille, dont le cœur défaillait encore plus que les jambes, alla s'asseoir dans un groupe de personnes plus mûres qui, aux ébattements du bal champêtre, avaient préféré, nous ne dirons pas la causerie, mais un échange bien nourri des petits et des gros cancans du village.

Le marchand d'huile en avait fait beaucoup, ce soir là, pour ses habitudes, et surtout pour sa corpulence. Il éprouvait également un certain besoin de repos. Voyant Cassiette dans le groupe bavard, bien qu'elle n'ouvrît pas la bouche, il vint se poster à quelques pas d'elle. Ce manège acheva d'exaspérer la jolie paysanne. Au bout de quelques minutes, et sans avoir l'air de le faire exprès, elle se leva doucement et essaya de se rapprocher à pas lents de l'endroit où se tenait Emery, triste, sombre....

Cette fois, Mesté Tisté n'osa pas la suivre. Pour donner le change aux curieux, il s'écria d'un ton jovial, en s'adressant aux cultivateurs assis à terre autour de lui :

— Il est mignon tout plein votre village de Montredon! Joli pays, ma foi! seulement vous n'avez pas *des* antiquités, comme nous, à Salon; il y a le château de la Reine Jeanne et le tombeau de Nostradamus et juste à côté de chez moi, l'église des Templiers. Tandis qu'ici, qu'est-ce que vous avez de curieux? En fait de monument je n'ai jamais vu que la tête de *Puget* (1) votre *Testo pelado!* (2) qu'on prétend sculptée sur la cime de cette montagne, là-haut... Heureusement, on se sert des yeux de la foi, car je suppose qu'il serait difficile de la voir avec une autre lorgnette!

— *Qu'on prétend?* riposta Mesté Toussaint, un des lettrés de l'endroit; dites-donc que tous les voyageurs *ils* viennent admirer cette belle fantaisie de la nature qui a tracé ce portrait sur cette colline, aussi bien que si une main humaine l'y eût dessinée. Et puis, nous avons des bois de pins comme il n'y en a pas à Salon! Vous êtes fiers de vos oliviers; c'est précieux, mais ça ne fait pas d'ombre. Ensuite, nous jouissons d'une chasse!... des grives, des cailles, jusque des merles!... En automne, quand on bat la campagne, le fusil sur l'épaule, on tire cela tout en mangeant des figues, c'est un vrai délice.

— Et vous comptez pour rien la chasse au poste, surenchérit malicieusement un autre auditeur, le loustic du village. *Le poste!...*

(1) Un des sommets de la chaîne de Marseilleveire qui représente le profil d'un homme barbu dont une tradition absurde attribue la facture au sculpteur *Pierre Puget*. Dans la réalité, *Puget* n'est autre que le dérivé de *podium* qui signifie montagne.

(2) *Testo pelado*, mot provençal dont la traduction française est *Tête pelée*.

où vous demeurez des matinées entières à attendre le passage, pendant qu'à quelques pas, les grives se moquent de vous.

— Oh! toi, tu fais comme elles. Tu passes ton temps à goguenarder les autres, dit alors la femme de Toussaint que, par suite de la coutume provençale de féminiser le nom du mari quand on le donne à sa compagne, on appelait *la Toussine.*

— Mesté Tisté, il y a de belles choses dans nos montagnes et si, à Salon, vous avez le château de la reine Jeanne, nous possédons ici des œuvres dûes au Créateur, seul, et qui ont bien leur mérite. Jamais, je le parie, vous n'avez visité *la Baume Roland?*

— Ma foi non! On m'en a parlé, mais je n'ai pas encore eu la curiosité de me promener par là. Qu'a-t-elle de rare? Ce doit être une grotte comme les autres.

— Y a-t-il une aussi belle vue qu'à la grotte Sainte-Catherine? demanda une vieille femme qu'on nommait *tante Margarido.* (1) Oh! moi, j'y suis allée à la grotte Sainte-Catherine. Dieu!... que c'est beau! Un rocher à la crête de la colline, tout entourée de genêts et de bruyères roses, et d'où l'on découvre la rade, les îles, le château d'If, le clocher des Accoules, les forts Saint-Jean et Saint-Nicolas à l'entrée du port... C'est superbe!

— La grotte Roland est d'un tout autre genre, répliqua la Toussine; c'est un souterrain aux vastes profondeurs. Il y a des stalactites très-curieuses qui forment des voûtes, des piliers, des colonnes. On dirait une cathédrale! De grandes salles existent dans cette baume, (2) de longs couloirs s'y croisent en tout sens. On y pénètre au milieu d'un épais bois de pins, et on en sort par une deuxième issue qui se présente tout-à-coup d'un autre côté de la montagne, d'où l'on voit des paysages d'aspects tout-à-fait différents et la mer toute bleue au fond du tableau. On se croirait à la crèche!

— Oui, c'est un coup d'œil pittoresque, ajouta Misé Bouis; mais comme pour toutes les belles choses de ce monde, il y a des inconvénients. Une excursion à la Baume offre des dangers. Quand on s'aventure, il faut avoir soin de ne pas perdre la piste. Cette grotte est traversée par tant de passages, de labyrinthes, que si, une fois engagé dans ces détours, on a le malheur de s'égarer, il est presque impossible de retrouver les issues. On parle de plusieurs accidents qui sont déjà arrivés.

(1) Qualité que les gens du peuple donnent aux femmes d'un certain âge, ou respectables par leur position.
(2) Baume, en Provence, veut dire simplement Grotte. — Le mot *Sainte-Baume* n'a pas d'autre origine.

— Et cet inconvénient n'est pas le seul, reprit la Toussine. Dans une des salles de la grotte — par exemple, je ne vous dirai pas laquelle — il pousse toute une végétation de tubéreuses... vous savez ? cette belle fleur blanche qui sent si bon, mais si fort !... On assure, qu'elles aussi ont été cause de malheureux évènements. Dans le souterrain où elles croissent, le passage est étroit ; il n'y a pas beaucoup d'air, et quand on y fait un trop long séjour, leur parfum est si pénétrant qu'on assure qu'il en devient mortel.

— Peste ! mais c'est pas gai du tout, exclama Mesté Tisté ; une grotte où l'on court le risque de s'égarer pour toujours et où l'on rencontre des fleurs mortelles !... Plus souvent que j'irai la voir votre curiosité marseillaise ! J'aime mieux Salon et son château... Qu'on est bien, assis sur son Cours, pour fumer sa pipe au bon soleil !

— Au fait. appuya Mesté Bouis ; vous avez raison. Moi aussi ; aux voûtes souterraines je préfère une promenade en mer, dans un joli petit bâteau, et en débarquant, un bon déjeûner avec des oursins et une excellente bouillabaisse.

Pendant que ces propos s'échangeaient dans le groupe principal des cultivateurs, Cassiette, tout doucement, s'était, nous l'avons dit, rapprochée de l'endroit où se tenait Emery, pensif et bien triste. Au moment où elle arrivait près de lui, son père qui, tout en parlant, ne la perdait pas de vue, l'appela tout-à-coup d'une voix de stentor qui éclata comme un coup de tonnerre au tympan désagréablement surpris de nos *calignaïres* (2). Le pauvre petit cœur de Cassiette eut un soubresaut. Elle se hâta de retourner vers les villageois. Emery, lui, fit aussi quelques pas vers eux. Mais un instinct secret lui conseilla la prudence et il demeura à la même place sans oser s'approcher.

Depuis quelques minutes, un mistral léger balançait les feuilles des mûriers. La vallée s'emplissait d'ombre, le jour fuyait derrière les collines et la lune se levait lentement sur le golfe qu'elle étoilait de ses paillettes d'argent. De distance en distance, les garçons avaient allumé des torches de résine et la jeunesse sautillante, un peu lasse de ses ébats, était venue se reposer près des causeurs.

— Avez-vous suffisamment gambadé, les jeunes ? reprit Mesté Bouis, toujours de sa grosse voix retentissante. Aussi bien, voici l'heure de la retraite, il faut nous aller coucher. Mais avant, écoutez tous : j'ai un secret à vous apprendre et une bonne nouvelle à vous donner.

(2) On désigne par ce mot, en Provence, les jeunes gens qui se voient et entretiennent des relations suivies dans l'intention de se marier.

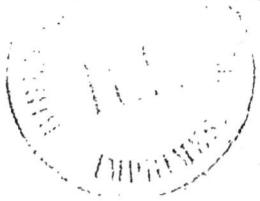

— Qu'est-ce donc? interrogèrent les assistants : devons-nous aller faire la vendange à votre bastide de *Château-Gombert*? (1)

— Non! répliqua le paysan dont le regard observateur faisait le tour de l'assemblée. Voici ce que j'ai à vous dire :

Vous avez célébré chez moi la fête de la moisson ; vous célèbrerez la cueillette des olives, à Salon, chez Mesté Tisté, que je vous présente comme mon gendre futur !

Nous ne savons si Mesté Bouis avait compté sur un hourra enthousiaste, pour accueillir l'annonce quelque peu intempestive de ses projets matrimoniaux, mais un silence de glace fut la seule réponse qu'il obtint. Les sentiments des deux pauvres *calignaïres* n'étaient un mystère pour personne. On savait bien que leurs amours n'avaient pas l'approbation du riche paysan, mais personne ne s'attendait à un dénoûment aussi brusque; chacun les plaignit tout bas.

Il y eut un moment de véritable stupeur. Cassiette chancela, puis s'affaisa dans les bras de sa mère, en lui disant d'une voix brisée :

— Mère ! mère... j'en mourrai !...

— Je t'en conjure, lui souffla Misé Bouis dans un baiser; nous verrons plus tard; mais en ce moment, pas un mot !

En entendant ces paroles foudroyantes, Emery avait tourné sur lui-même comme un homme ivre. Il trébucha contre les racines d'un pin et s'abattit lourdement à terre.

Les villageois, sous le coup de la surprise, avaient balbutié quelques mots de compliments, mais il y avait un froid : tous firent, à tour de rôle, leurs adieux à leurs hôtes et s'acheminèrent vers leur logis.

Le pauvre Emery serait resté sans doute longtemps au pied de son arbre, car ses camarades n'osaient lui parler et, lui, n'avait plus conscience de sa situation. Soudain, un grand et beau garçon aux formes robustes, au teint hâlé, à la physionomie expressive, coiffé d'un petit béret de laine rouge, et portant sur l'épaule un long filet aux mailles étroites, s'approcha de lui, l'air résolu.

— La foudre t'a-t-elle donc touché? lui demanda-t-il d'une voix vibrante mais contenue. Du courage! sois homme, que diable! Les amis se montrent quand il le faut; tu n'as donc pas songé au *pescadou*? (2)

Emery le regarda avec effort.

(1 *Château-Gombert*, village de la banlieue de Marseille.
(2) Pêcheur de profession.

— Merci de ton affection, Gaspard, articula-t-il péniblement; j'en ai besoin. Mais hélas! que peux-tu pour moi?

— Tout!... Plus un mot. Va m'attendre dans la pinède voisine.

En achevant ces paroles et tandis que le pauvre amoureux le contemplait avec stupéfaction, le pêcheur mit un doigt sur ses lèvres et sifflottant un petit air avec indifférence, il s'achemina vers le groupe principal composé de Cassiette, de son nouveau *futur,* de sa mère et de Mesté Bouis.

Les autres cultivateurs étaient en train de se retirer.

Mesté Tisté venait d'arrondir gauchement son bras pour l'offrir à Cassiette.

Coupant court à son mouvement, Gaspard le pêcheur s'empara de la main de la jeune fille et la passa sous son bras à lui, en s'écriant avec un entrain rempli de bonne humeur :

— Permettez que je vous fasse un brin la conduite, belle Cassiette, pour vous adresser, à mon tour, mes félicitations.

Déçu dans son espoir, le marchand d'huile proposa sa compagnie à Misé Bouis.

Le père un peu contrarié, voulut suivre les jeunes gens; mais Gaspard, profitant de l'immense avantage que lui donnaient ses jambes de vingt ans, emmena Cassiette au pas de charge. Quand il se crut à distance respectueuse des grands parents, il glissa vite et bas à l'oreille de la pauvrette :

— Ce soir, à minuit! Ouvrez votre fenêtre, Emery viendra...

— Le ciel l'en préserve, répondit Cassiette avec effroi et sur le même ton ; ce serait nous perdre !

— N'ayez pas peur et attendez!

— Mais si mon père veille?...

— Il n'entendra rien; comptez sur nous.

— Mon Dieu! je n'ose...

— Emery a la tête perdue... si vous ne le voyez pas, redoutez un malheur.

— J'y serai, murmura Cassiette, si bas! que ce mot ne parvint que comme un faible souffle à l'ouïe du pêcheur.

Cependant Mesté Bouis se hâtait, il allait les atteindre.

Gaspard fit rapidement volte-face et s'avança tout-à-coup jusque sous le nez du paysan.

— A votre tour, maintenant, brave père Bouis, s'écria le malin qui secoua d'une façon vigoureuse la main de son interlocuteur. Que je vous complimente! C'est un joli mariage que celui que vous faites faire à votre fille... Un homme bien établi, Mesté Tisté.

C'est lui qui récolte le plus d'olives à Salon. Et puis, un bel homme ! Une vraie figure de prospérité. Mes félicitations, mes félicitations !

— C'est bon, c'est bon ! grogna le cultivateur, en faisant un effort pour dégager sa main que les doigts de Gaspard serraient comme un étau ; on vous remercie de vos souhaits... sincères.

— Il n'y a pas de quoi, fit le jeune pêcheur, riant, comme on dit, dans sa barbe. Bien le bonsoir, Mesté Bouis et la compagnie.

Et prestement, il s'esquiva.

Le silence ne fut plus troublé dans le groupe jusqu'à l'arrivée à la maison du paysan.

Au moment où Misé Bouis allait mettre la clé dans la serrure, Mesté Tisté se tourna vers son futur beau-père :

— Et demain, lui demanda-t-il avec une nuance d'inquiétude, puis-je aller à la ville pour acheter *la promesse ?* (1)

— Certes oui, répondit Bouis, nous irons tous. Je dois descendre à Marseille pour quelques achats. Venez déjeuner avec nous sur les midi et ensuite je vous emmènerai avec ma fille et la femme sur ma charette

— C'est dit ! conclut joyeusement le natif de Salon ; à midi, on sera présent. Bonne nuit, cher beau-père ; le bonsoir, Misé Bouis ; à bientôt, à toujours ! ma jolie fiancée.

Et désireux de mettre le sceau à son amabilité, avant que la jeune fille eut pu prévoir son mouvement et s'y opposer, il lui appliqua sur la joue un baiser retentissant.

Cassiette devint livide...

Elle eut un tel geste de dégoût et de répulsion, que le galant, décontenancé, s'éloigna sans plus oser rien dire.

Le père, lui-même, en dépit de son caractère de fer, fut embarrassé un moment.

Pendant que Misé Bouis, presque aussi pâle que sa fille, ouvrait la porte, Cassiette fit un pas vers Mesté Bouis et attachant sur lui ses grands yeux noirs dont il était impossible à rendre l'expression tant elle renfermait de douleur et de reproches désespérés, elle lui dit en le regardant en face.

— Pourquoi avez-vous pris cette décision, ce soir, en public, sans me consulter, quand vous m'aviez promis d'attendre ? Père, vous m'avez trompée !

Il y eut une minute de silence terrible.

La mère frémit...

(1) Terme employé en Provence pour désigner l'anneau qu'échangent les promis au moment des fiançailles.

Cette minute suprême avait étrangement modifié le caractère de Cassiette. Elle, si soumise, si craintive, elle ne tremblait plus à cette heure. Imposante, superbe comme ces prêtresses des temps antiques dont elle descendait peut-être; debout, son visage presque contre celui de son père, le foudroyant sous l'éclair de sa prunelle, elle lui demandait compte de sa volonté méconnue, de toutes ses aspirations violentées, de son bonheur perdu!... Elle osait le braver...

Par un effort bien étrange à sa nature brutale et despotique, Mesté Bouis demeura calme. Il passa deux ou trois fois sa main sur le front, puis, répondant à sa fille d'une voix tranquille et presque douce :

— Il est trop tard, lui dit-il, pour entamer des sujets pénibles à tous; rentre chez toi. Nous avons besoin de repos. Demain on s'expliquera.

— Je t'en prie, dit bien bas Misé Bouis à l'oreille de la pauvre enfant, n'insiste point. Demain, j'y compte, il entendra raison. Mais, ce soir, plus un mot! Va dans ta chambre et endors-toi quand tu auras prié notre Bonne-Mère de la Garde.

Comme toutes les natures lourdement pliées sous la tyrannie et qui se redressent une fois, Cassiette était déjà brisée par son grand acte de courage. Elle baissa la tête et entra dans la bastide sans répliquer.

En arrivant dans la cuisine et pendant que sa femme battait le briquet, Mesté Bouis se laissa tomber pesamment sur une chaise et y resta silencieux, plongé dans d'absorbantes réflexions.

Quand Misé Bouis eut allumé la chandelle, elle fit mine de s'éloigner avec sa fille. Mais le père s'étant dressé tout-à-coup lui dit brusquement :

— Tu n'as pas besoin d'aller avec Cassiette. Allons dormir! Il me semble qu'il est temps.

Misé Bouis embrassa sa fille et lui glissa à mi-voix : Je vais tâcher d'obtenir quelque chose, puis j'irai te trouver.

Cassiette mit la main de sa mère sur son front brûlant.

— Si vous saviez, fit-elle sur le même ton, ce que je souffre là... Il me semble que je deviens folle. Oh! oui, venez tout-à-l'heure... Venez, par pitié! Si vous ne venez pas, je croirai que tout est perdu!

Rentrée dans sa chambrette, la jeune fille ouvrit doucement sa petite croisée pour éviter tout bruit révélateur à l'instant où, selon sa promesse, Emery arriverait au rendez-vous qu'il avait fixé pour minuit.

Elle éteignit sa lumière, et, sans penser à changer de toilette, elle s'enveloppa d'une mante, car, bien que la nuit fut sereine et douce, elle frissonnait. Puis elle s'assit près de la fenêtre, les yeux fixés sur la campagne, regardant sans voir, perdue dans un monde de pensées toutes plus tristes et plus effrayantes les unes que les autres.

Dans son absorbante préoccupation, elle avait perdu le sentiment de ce qui se passait autour d'elle. Elle ne savait plus si elle souhaitait l'arrivée de sa mère ou celle d'Emery. Elle n'avait plus qu'une vague perception des heures qui s'écoulaient. Elle attendait, sans se rendre compte à elle-même de ce qu'elle attendait, de ce qu'elle espérait...

Dans cet état d'atonie qui s'emparait de toute son âme, elle ne songeait plus à la pieuse recommandation de sa mère.

Elle avait oublié d'adresser sa prière fervente à la bonne Dame de la Garde.

Pendant ce temps, Misé Bouis, elle, ne dormait pas ! En vain, elle avait essayé de dire mentalement son chapelet; sa pensée était ailleurs. Son cœur serré par une inexprimable angoisse demeurait tout à Cassiette. Elle ne se sentait même plus la force de prier pour conjurer des malheurs que son instinct maternel entrevoyait. Elle guettait l'instant où son mari cèderait enfin au sommeil, ce qui lui permettrait de s'échapper pour courir chez sa fille.

La nuit s'avançait, le paysan ne bougeait pas et le silence le plus profond régnait dans la chambre qu'enveloppaient d'épaisses ténèbres. La mère fit un mouvement pour se lever. Mesté Bouis se retourna tout-à-coup :

— Je n'entends pas *Loubet,* ce soir, interrogea-t-il : où l'as-tu mis?

Elle tressauta.

— Je l'ai enfermé dans la grange; c'est plein de blé, en ce moment, et il y a tant de rodeurs !

— Tant pis ! je préfère le savoir près de la maison. Il monte mieux sa garde ainsi . . . Enfin !

Le silence recommença et rien ne le troubla plus pendant toute la durée de la nuit.

En dépit de son anxiété, la malheureuse mère n'osa point renouveler sa tentative car, malgré ce calme sinistre, elle devinait bien que son homme ne dormait pas. Elle refoula ses angoisses et attendit le lever du jour pour aller essayer de consoler son enfant.

Les heures s'écoulaient avec une lenteur désespérante. Quand la blanche lueur de l'aube parut enfin par l'étroite ouverture pratiquée dans le volet de la fenêtre, Misé Bouis eut un soupir de soulagement et elle se dit tout bas :

— Enfin ! je vais voler vers ma Cassiette ! . . .

Pauvre mère !

Nous avons laissé Cassiette assise près de la croisée, déjà prudemment ouverte à dessein. La nuit était calme, splendide. Le mistral arrivant du large n'apportait sur son aile d'autre bruit que la chanson cadencée des pins dont il agitait au passage les verts rameaux.

Minuit sonna à l'horloge de la petite église de Montredon (1).

La vibration soudaine des douze coups arracha Cassiette à sa torpeur.

— Gaspard a dit : *Minuit!* murmura-t-elle, non sans une secrète épouvante. Et elle s'accouda sur sa fenêtre, tandis que ses regards interrogeaient anxieusement les contours du sentier serpentant à travers la campagne.

Non loin de la maison, un léger bruit se fit entendre, à peine perceptible pour une oreille bien exercée.

Une ombre se glissa doucement près du logis.

La jeune fille tressaillit dans tout son être. La forme noire qui s'était approchée presque en rampant se redressa alors et atteignit l'appui de la croisée, qui se trouvait peu élevée au-dessus du sol.

— Cassiette ! appela la voix basse et très-émue d'Emery.

— Je t'attendais... Oh ! ne fais pas de bruit.

(1) Alors nommée la *Chapelle,* mais démolie depuis plusieurs années.

— Ne tremble plus, ma bien-aimée, encore un instant de courage et nous sommes sauvés.

— Que veux-tu dire?

— Gaspard — le modèle des amis! — sera notre providence. Dans mon chagrin j'avais perdu la tête; lui, a réveillé mon énergie en me rappelant à l'espoir. Il a songé à tout. Par ses soins un sûr moyen de salut nous est offert. Nous allons fuir ces lieux qui ne nous gardent plus que craintes et souffrances, et, bien loin d'ici, sur des bords plus hospitaliers, nous irons chercher le bonheur qui nous attend, qui sourit à nos vœux.

— Fuir! que veux-tu dire? Explique-toi.

— Gaspard connaît le patron d'une goëlette qui va mettre à la voile pour les colonies. Ce navire nous conduira à l'île Bourbon et là, tranquilles, à l'abri de l'orage, heureux de notre amour, nous attendrons que ton père consente à nous pardonner.

— Ami! quelle folie est la tienne? Tu veux que j'abandonne le toit de mes parents... Mais, ma pauvre mère, que deviendrait-elle, demain, en trouvant ma chambre vide?

— Tu préfères donc rester et voir ton destin s'accomplir? La volonté inflexible de ton père t'est connue. Ce mariage qu'il a projeté, qu'il assure de tous ses efforts, s'accomplira.

— Oh! fit-elle éperdue, je ne puis pas, je ne veux pas abandonner ma mère!

— Tu te résignes déjà, je le sens bien. Alors, c'est à moi qu'il faut dire adieu... un éternel adieu!

Et la voix d'Emery se brisa dans un sanglot convulsif.

— Oh non. Je te l'ai juré et je répète ici mon serment : je ne serai jamais qu'à toi.

— Mais, comment feras-tu? Que répondras-tu aux instances de ton père?

— Je l'ignore! Mais ce que je sais bien, c'est que je ne veux pas te perdre. Et pourtant!... Pourtant, je ne veux pas abandonner ma mère!

Et la pauvre Cassiette, partagée entre les deux tendresses de son cœur, se mit à fondre en larmes.

Une forme noire qui, depuis quelques minutes, se détachait sur le clair-obscur du chemin, non loin de la bastide, s'approcha tout-à-coup des malheureux *calignaïres*.

Cassiette étouffa un cri et se rejeta vivement en arrière.

— N'aie pas peur, dit Emery, c'est Gaspard.

— Oui, c'est moi, affirma le pêcheur en s'accoudant, lui aussi, sur le bord de la croisée. Cassiette, au nom de votre amour, du repos, du bonheur de votre vie tout entière, écoutez-moi. Je comprends à merveille vos scrupules, votre abnégation, votre dévouement pour votre bonne mère, mais nous sommes dans un instant suprême qui va décider de votre existence. Il ne s'agit pas de pleurer, mais de raisonner froidement et d'envisager avec calme toutes les faces de votre situation. Vous aimez Emery ?...

Le regard voilé de pleurs de Cassiette se tourna vers le jeune homme. Elle lui adressa un doux sourire.

C'était l'arc-en-ciel brillant au milieu de gros nuages encore chargés de pluie.

— Eh bien ! continua Gaspard, à qui ce mouvement n'avait point échappé ; je lis, moi, dans votre cœur mieux peut-être encore que vous ne pouvez y lire vous-même. Par obéissance filiale, si vous demeurez à Montredon, malgré votre affection pour Emery, vous finirez par épouser Mesté Tisté. Or, dans ce cas, vous regretterez toujours le fiancé de vos premières années ; vous serez malheureuse toute votre vie, et Emery, oh ! je le connais, lui, il en mourra de chagrin.

— Ça pourrait bien arriver, appuya le jeune homme ; déjà, cette après-midi, il m'a fallu lutter de toutes mes forces contre l'envie que j'éprouvais d'aller me casser la tête !

— Mais, insinua doucement Cassiette, nous pourrions attendre, gagner du temps. Je veux voir ma mère, la consulter ; peut-être trouvera-t-elle un moyen de nous sauver.

— Ce serait précisément le moyen de tout perdre, répliqua vivement le pêcheur ; jamais votre mère ne consentira à votre départ. Elle vous suppliera de rester, vous exhortera à la patience. Vous ne résisterez certainement point à ses larmes, et les malheurs redoutés s'accompliront. Vous le savez : quand Mesté Bouis a une idée en tête, rien ne l'en fait changer. Vous êtes sûre de la tendresse d'Emery ; ayez confiance en lui... Suivez-nous ! Je vous conduirai tous deux à bord du navire dont je vous ai parlé déjà et qui va mettre à la voile pour l'île Bourbon. Dès que je vous saurai en pleine mer, par un avis indirect, je rassurerai vos parents. Un peu plus tard, j'apprendrai toute la vérité à Misé Bouis, et comme le parti le plus sage à prendre devant un fait accompli est de l'accepter, elle se mettra avec nous pour obtenir le pardon de votre père, d'abord, et ensuite, son consentement à votre mariage. Vous reviendrez alors et

2

chacun sera heureux, à l'exception du marchand d'huile que nous renverrons à ses olives.

— Tu le vois, chère Cassiette, supplia Emery ; c'est le salut, le bonheur pour nous. Ne refuse pas !

— Je ne le puis, murmura Cassiette affolée, non ! Je ne puis partir sans voir ma mère. Attendons demain.

— Mais demain, s'écria Emery au désespoir, il sera trop tard. Que veux-tu que je devienne, moi, demain, rodant comme un fou autour de cette maison dont l'entrée m'est refusée, et quand je penserai que Mesté Tisté, admis près de toi, rayonnant de son bonheur, se raille de ma peine ?

Sans s'en douter, le jeune homme avait touché juste. L'image qu'il évoquait secoua Cassiette comme une étincelle électrique. Sa mémoire lui retraça tout-à-coup les incidents pénibles de la néfaste journée qui venait de s'écouler. Elle revit le marchand d'huile, si maladroitement empressé auprès d'elle. Elle se souvint de cette promesse paternelle qu'il avait emportée, de cette journée de fiançailles qui se préparait pour le lendemain, de cette bague qu'ils devaient aller acheter ensemble à la ville, lui, tout radieux d'espoir, elle, la mort dans l'âme. Puis, tout-à-coup, un souvenir odieux, une sensation aiguë, la fit tressaillir... Elle se souvint de ce baiser, semblable à un fer rouge, que Mesté Tisté avait imprimé sur sa joue. Involontairement, elle passa la main sur son visage et crut le sentir brûlant encore. Elle comprit qu'elle n'aurait pas la force de supporter le jour suivant ce qui était un vrai supplice pour son cœur.

Cette répulsion fut un puissant auxiliaire aux prières d'Emery, aux arguments du pêcheur, lesquels, on en conviendra, ne manquaient point d'une certaine logique.

Cassiette prit sa résolution tout-à-coup.

— Emery, j'ai foi en vous, dit-elle doucement au jeune homme en lui tendant sa main ; je vous donne aujourd'hui ma vie comme je vous ai déjà donné mon âme ; je vous suis. Partons !

— Oh ! ma Cassiette ! murmura Emery en extase : je vais donc pouvoir maintenant me consacrer tout entier à ton bonheur. Oh ! que je suis heureux !

— Parfait, mes amis ! s'écria Gaspard avec entrain. Tout ça est charmant, mais pour l'heure il s'agit de fuir, et de fuir sans retard. Chaque minute perdue augmente le danger ; je ne comprends pas, Cassiette, que votre père ne soit point encore venu flairer un peu par ici, et c'est un miracle si le chien n'a pas aboyé. Filons, croyez-moi, sans demander notre reste !

Tout le sang de Cassiette reflua à son cœur, mais elle voulut se raidir contre l'émotion qui s'emparait d'elle. Sans songer à rien emporter, sans vouloir même jeter un regard en arrière, car elle sentait faiblir sa résolution, et pourtant elle voulait accomplir son projet, la jeune fille s'enveloppa dans une mante et franchit courageusement l'appui de la fenêtre.

Emery s'élança pour la soutenir.

La croisée n'était pas à une grande hauteur du sol; en deux secondes, Cassiette, toute tremblante, mais saine et sauve, fut auprès de ses amis.

— Plus un mot! dit alors le *pescadou* à voix basse. Prenons nos jambes à notre cou, mais tachons d'éviter le moindre bruit.

Ainsi fut-il fait. Avec la plus grande rapidité possible, mais en observant les précautions voulues pour n'être point entendus, les trois jeunes gens traversèrent *le bien* de Mesté Bouis et gagnèrent la pinède voisine.

Une fois sous l'ombrage des premiers pins, Gaspard, qui avait naturellement pris le commandement de l'expédition, ordonna une halte, car cette fuite à travers champs et au pas de course les avait mis hors d'haleine.

— On a bien raison, commença le pêcheur, après avoir respiré bruyamment pendant quelques secondes, on a bien raison de dire que dans la majeure partie des cas, il n'y a que le premier pas qui coûte. J'en ai le ferme espoir : la suite nous sera favorable, mais pour l'heure, il se présente une grosse difficulté. Vous avez cru, sans doute, ma chère Cassiette, que pour vous en aller à l'île Bourbon, il suffisait de monter sur un navire faisant voile pour le Nouveau-Monde?

— Mais oui, répondit naïvement la jeune fille étonnée et déjà inquiète.

— Ah! bien non, poursuivit Gaspard qui n'était pas fâché de se poser quelque peu en érudit auprès de ses camarades. Il y a pas mal de formalités à remplir avant d'en arriver à lever l'ancre. D'abord, il faut un permis d'embarquement; un passeport, des visas du consul, un signalement, enfin, un tas de choses, quoi!

— Mais, s'écria Cassiette sérieusement alarmée, nous ne pourrons jamais faire tout cela en cachette. Nous sommes perdus!

— Peut-être! si je n'étais pas là, reprit Gaspard d'un air capable; mais, non, ces choses, ça me connaît et je me fais fort de tout arranger pour le mieux. Toi, Emery, sais-tu comment il faut t'y prendre?

— Ma foi, répliqua le jeune homme, je ne suis jamais sorti de Marseille, si ce n'est une fois pour aller au Château-d'If. Encore, nous ne pûmes y arriver. Il y avait de la houle ; notre bateau dansait sur la pointe des vagues ; la mer moutonnait... grondait... c'était à faire frémir. Nous fûmes obligés de nous échouer à l'île de Ratonneau.

— Eh bien ! les enfants, puisque vous ne sauriez vous en tirer, vous allez me laisser faire. J'avais déjà pensé à tout ça. Notre grande difficulté, c'est que le navire ne peut mettre à la voile que dans trois jours et du reste, « à quelque chose malheur est bon » car il me faut ce temps pour vaquer aux préparatifs de votre départ. Voici le point sérieux. Pendant ces trois jours, il faut que vous demeuriez cachés, non loin d'ici, mais de façon cependant à dépister les recherches.

— Mais, c'est impossible ! s'écria Cassiette avec effroi. Où trouverions-nous un abri pour nous soustraire pendant trois journées aux investigations que mon père va organiser de tous côtés ?

— C'est vrai, mon Dieu ! fit Emery, tu ne m'avais point parlé de cette fâcheuse coïncidence, Gaspard. Qu'allons-nous devenir ? Où chercher un refuge ?

— Oh ! nous sommes perdus, gémit Cassiette ; avant la fin du premier jour nous serons découverts. Il faut renoncer à ce projet insensé ; profitons des ténèbres de cette nuit qui dure encore et retournons au logis.

— Oh ! Cassiette... tu ne dis pas cela sérieusement, exclama le jeune homme au désespoir. Tu sais bien que si tu persistais dans ta résolution, elle me tuerait. Non ! Il faut chercher un moyen de salut, Gaspard !... Si nous nous rendions à la ville, aux premières lueurs de l'aube, pour louer une petite chambre bien retirée, bien tranquille, dans quelque auberge des faubourgs ?

— Pour y être découverts infailliblement au bout de quelques heures, ou, tout au moins, le jour après ?... Mestré Bouis va mettre toute la police à vos trousses et n'aura de cesse qu'il ne vous ait retrouvés morts ou vifs. Et sais-tu, mon bon ami, de quel nom on qualifiera votre fuite de ce soir ? Cassiette n'a pas vingt-un ans ; on appellera cet enlèvement *un rapt de mineure,* et la Cour d'assises de la bonne ville d'Aix t'enverra travailler pendant cinq ans, au moins, dans les galères du Roi.

— O Gaspard, s'écria la jeune fille tout éperdue ; n'évoquez pas de telles images. On dirait que vous prenez plaisir à nous épouvanter.

— Non pas, ma chère Cassiette, mais je tiens à vous convaincre de la nécessité pour vous d'accepter une cachette, n'importe laquelle, pourvu qu'elle vous offre un refuge assuré.

— En connaissez-vous une ?

— Oui, une dans laquelle personne, je le parie, n'aura idée de vous chercher. Etes-vous allée quelquefois à la baume Roland ?

— Jamais, répondit Cassiette surprise ; j'en ai entendu parler souvent, mais comme d'un lieu quelque peu redoutable, d'un accès difficile, et je n'ai jamais eu l'envie d'y pénétrer.

— Et toi, Emery, interrogea le pêcheur, connais-tu cette baume située en plein bois et à courte distance d'ici ?

— Une fois, expliqua le jeune homme, en chassant, le hasard m'amena devant la baume. J'eus la curiosité de voir l'intérieur et je m'y introduisis avec une certaine peine, car on ne peut la parcourir que très-difficilement. Il faut se laisser glisser parfois par d'étroits couloirs et cette descente périlleuse n'est pas agréable. Je me relevai au bas de la pente que je n'avais pu franchir qu'en m'aidant des pieds et des mains, et me trouvai dans une caverne profonde, spacieuse et noire. L'aspect n'avait rien de réjouissant : les rochers pleuraient autour de moi ; c'était humide, triste... Je suis un vrai fils de la Provence, moi ! Pour vivre, il me faut l'air, le soleil. Ce séjour ténébreux n'était pas de mon goût, et je repris bien vite le chemin par lequel j'étais venu pour retrouver la lumière et l'arome vivifiant de nos bois résineux.

— Eh bien ! si tu avais poussé plus loin tes investigations, tu aurais vu que cette baume si peu engageante était un véritable petit royaume souterrain. Après la première salle où tu t'es introduit, existent des couloirs, des galeries, d'autres salles encore plus spacieuses que la première et, enfin, au pied de la montagne, une autre sortie plus large et plus commode que l'issue ouverte du côté de Montredon. Cet antre, mes chers amis, offre tant de passages, de tours et de détours, qu'à moins de l'avoir exploré à fond et de le bien connaître, il est tout-à-fait impossible de retrouver son chemin dans cet inextricable labyrinthe. Le diable m'emporte, si jamais papa Bouis vous pêche en cette eau trouble !

— Et c'est là que vous voulez nous cacher ? demanda Cassiette avec une certaine surprise.

— Précisément. On vous cherchera dans les auberges, dans les hôtels, dans les maisons garnies de Marseille ; à bord des navires en partance, au bureau des Messageries, partout, excepté à la Baume Roland. Nul ne sera si futé pour vous aller dénicher par là.

— Pourtant, fit remarquer Emery ; sans nul doute, on explorera la campagne et les pinèdes environnantes.

—- Certes, oui ; ils iront peut-être même jusqu'à franchir l'entrée de la grotte dans l'espoir de vous y pincer, mais quand ils se seront promenés dans cette première caverne, noire et calme, où ils ne vous verront pas, où nul bruit ne décèlera votre présence, ils n'auront pas le nez assez fin pour vous sentir à travers les couloirs. Et, comme ils ne sont pas archéologues et ne possèdent pas, que je sache, le talent de dessiner les pierres curieuses et les rochers plus ou moins fantastiques qui ornent ce charmant séjour, ils retourneront en terre libre pour reprendre bien vite leur poursuite à travers monts et vallées.

— Il peut avoir raison, réfléchit Emery, en appuyant sur sa main son front soucieux.

—- Et vous voulez nous faire passer là trois jours et trois nuits ? interrogea Cassiette, très-impressionnée. Il me semble qu'il va s'ouvrir devant moi quelqu'horrible cachot.

— Faites appel à votre courage, ma chère enfant, car il faudra y demeurer, sans en sortir une minute, jusqu'à l'heure où je viendrai vous délivrer. Ecoutez-moi : l'heure s'enfuit rapide ; dans cette saison le jour n'est pas long à paraître. En ce moment il y aurait folie à s'aventurer dans la pinède pour découvrir la baume. Restez ici à vous reposer un peu, ça ne vous fera pas de mal, mais dès que la crête des collines se teindra de rose, sans plus d'hésitation, prenez aussitôt ce sentier, là-bas à gauche, et poursuivez-le pendant une demi-heure à peu près, puis, tournez droit sur la montagne et vous ne tarderez pas à apercevoir l'orifice mystérieux qui sert d'entrée à la baume Roland. Ne vous rebutez point des difficultés de descente et pénétrez dans la première salle. Une fois là, profitez de la maigre lueur qui tombe parcimonieusement de l'ouverture ; explorez le premier couloir ; ensuite, lorsque vous serez parvenus dans la seconde partie du souterrain, n'allez pas plus loin ; c'est inutile et dangereux, mais examinez bien les êtres et quand vous serez familiarisés avec eux, revenez dans la première salle où je vous autorise à rester tranquillement.

Dans le cas où vous entendriez le moindre bruit, où vous percevriez le plus léger indice de la présence de ceux qui peuvent vous poursuivre, glissez-vous avec adresse et cherchez un refuge dans les profondeurs du souterrain.

— Tu en parles à ton aise ! interrompit vivement Emery ; mais la clarté ne pénètre pas dans cette seconde partie de la caverne. Comment retrouverons-nous notre chemin au milieu des ténèbres ?

— Est-ce que je ne pense pas à tout ? dit le pêcheur qui tenait beaucoup à passer pour un garçon intelligent. — Tiens ! peux-tu voir ce que c'est que ça ?

Et, se plaçant sous un rayon de lune, il désigna à Emery un objet d'un certain volume qu'il portait sur son épaule.

— Ça ? fit ce dernier en s'approchant pour examiner avec attention ; mais, c'est une corde.

— Grosse comme un cable. Eh bien ! je te la laisse. Tu la porteras dans la grotte. (C'est un peu lourd, parce qu'elle est d'une respectable longueur, mais vous la traînerez à vous deux).

Une fois dans l'intérieur, tu la fixeras solidement à une saillie de rocher qui existe au fond de la baume, non loin du premier couloir. En cette place croît un lierre dont les branches touffues s'enlacent et se croisent sur le roc. Tu n'auras pas de peine à dissimuler ta corde sous ses feuilles et, ainsi posée, elle échappera aux investigations de ceux qui pourraient venir explorer l'endroit. Quant à vous, vous entrerez en rampant dans ce premier corridor où on n'aura point idée de vous pourchasser, car il faut tenir un peu de la nature du lièvre pour arriver à se glisser par son orifice. Si la prudence vous conseillait d'aller plus loin dans ces galeries, n'oubliez pas qu'il ne faut jamais avancer sans bien tenir la corde en main et la dérouler à chaque pas, car elle seule doit être votre guide au milieu de cette nuit souterraine et, le danger passé, vous ramener dans la première salle, c'est-à-dire vous rendre au soleil et à la liberté.

— Il parle avec tant de confiance, murmura Cassiette, que je me sens renaître à l'espoir.

— As-tu ton briquet sur toi ? poursuivit Gaspard, s'adressant à son ami.

— Il ne me quitte jamais, répliqua le jeune homme ; j'ai aussi de l'amadou.

— Tant mieux ! car vous en aurez besoin dans cette officine où il fait noir comme chez le diable.

— Alors, interrompit doucement Cassiette, il nous faudra rester là, trois nuits et trois jours ?

— Et le matin du quatrième, soyez tranquilles, dès l'aube, je viendrai vous délivrer. Nous nous embarquerons sur mon bateau, dans la calanque de Morgiou, et nous attendrons la sortie du port du navire libérateur pour l'aller rejoindre en pleine mer. Voyons ! que je n'oublie point de parachever mes instructions. Dans la grotte Roland, il existe une petite source ; l'eau en est très-fraîche en cette saison, et pendant ces trois jours d'épreuve, ou si vous l'aimez mieux, pendant

ces trois jours de postulat au bonheur, ma foi ! vous vous en conten-
terez. Comme il n'y a pas beaucoup de marchands de faïence dans
la pinède, je vous ai apporté mon gobelet d'étain. Ah, caspi ! je n'en
avais pas plusieurs.... Mais, à vous deux, vous pouvez bien vous
contenter d'en avoir un, acheva Gaspard qui, en sa qualité de malin,
ne perdait pas l'occasion de lancer son petit mot pour rire ; tenez :
le voilà ! il est rincé de frais. Faites en sorte de ne pas le perdre.

Il tendit le verre à la jeune fille.

— En effet, c'est embarrassant, observa Emery. Il n'y a pas plus
à Marseilleveire de restaurant que de boutique de faïence. — Quel
moyen prendre pour manger durant ces trois jours, si nous ne devons
pas quitter la grotte ?

— Ne suis-je pas toujours là ? répondit le *pescadou* en se rengor-
geant. Crois-tu donc que je vous aurais jetés en semblable aventure
avant d'avoir pris toutes les précautions utiles à notre succès ? Regarde
cette gibecière ; et après, mets-la sur ton dos. Elle renferme du pain,
des saucisses, des radis, du cervelas, des gousses d'aïl et deux belles
brousses du Rove. Hein ! Etes-vous contents ?... Si vous pensez que
les princes du sang aient mieux que ça !

— Oh, mon ami ! tu es notre ange tutélaire !

— Ange ! hum... non... les anges ne sont pas si futés que moi.
Mais ne parlons pas de ça, vous me remercierez lorsque vous arrive-
rez sains et saufs sur *les Deux Cygognes* — c'est le nom du navire qui
doit vous emmener. — A propos ; faut pas que j'oublie : dans le fond
du bissac, vous trouverez des chandelles, et voici la lanterne dési-
gnée par le destin pour vous servir de soleil dans la grotte Roland.
Je vous ai, je crois, suffisamment édifiés sur vos occupations futu-
res, maintenant vous n'avez qu'une chose à faire : reposez-vous un
peu ici, en attendant le lever du jour. Pour moi, je prends la poudre
d'escampette ! Il faut qu'à l'aube tout mon monde me voie apparaître
chez moi, à l'heure accoutumée, aussi dispos que si j'avais dormi
toute la nuit, car il est important que personne ne sache la part que
j'ai prise à votre évasion ni la connaissance que j'ai de votre refuge.
Sur ce, adieu, mes bons amis ; dans trois jours, je viendrai vous délivrer et vous ferai confidence de ce qu'on aura glosé dans le village.
Adieu encore : au revoir à la baume Roland.

En proférant cette exclamation, le *pescadou* secoua cordialement
la main d'Emery, puis serra celle de Cassiette, en lui disant tout bas :
Courage ! Ensuite il prit sa course dans la direction de sa bastide.

Après son départ, nos deux pauvres *calignaïrés* demeurèrent quelques instants bien émus, bien craintifs et surtout fort embarrassés.

Le calme le plus profond les environnait. La nuit était si belle, si transparente, qu'on distinguait presque nettement le paysage jusqu'aux limites de l'horizon. Les collines de Mazargues, de Saint-Loup, de Sainte-Marguerite, de Marseilleveire, dormaient sous l'ombre de leurs grands bois de pins. Un silence rempli de mystères planait sur le village de Montredon. La lune, parvenue à son plus haut point de splendeur, estompait les montagnes voisines et semait, au hasard, d'éblouissants rayons dans la campagne. Au loin, on entendait le clapotis des vagues venant se briser sur la grève. Les rossignols vocalisaient dans les hautes cimes et, à deux pas de nos amoureux, un petit pinson, perché sur la branche d'un cerisier sauvage, envoyait aux échos sa chanson joyeuse.

C'était une de ces heures douces et suaves où il semble à l'âme, même la plus meurtrie, qu'elle doit oublier les angoisses, les soucis rongeurs, pour se recueillir quelques instants dans le charme de ces impressions, trop fugitives, qui ne sont pas le bonheur, mais qui sont la détente, le repos, après les grandes crises de la vie.

Ils se taisaient tous deux; abîmés dans leurs rêveries, bercés doucement par la contemplation de cette belle nuit toute étincelante d'étoiles, toute imprégnée d'arômes ; au milieu de ces pinèdes profondes dont les mille bruits insaisissables, — cortège habituel des heures nocturnes, — traversaient par intervalles le calme imposant; ils étaient là... seuls... perdus dans l'immensité, séparés du monde entier par leur fuite comme par une barrière infranchissable, tremblants et si épouvantés de leur audace qu'ils n'osaient même plus croire à leur bonheur.

Avec cette intuition que la femme, même la moins lettrée, possède à un degré si exquis, Cassiette voulut surmonter son émotion ; elle comprit qu'elle devait un peu d'encouragement à celui qui s'exposait beaucoup, par affection pour elle.

La première, elle parla.

Oubliant courageusement les regrets du passé, les terreurs du présent, elle prit à tâche de diriger la conversation vers les joies de l'avenir, sur le calme de ce port auquel ils aspiraient et qu'ils commençaient à voir luire au milieu de leur tempête. Grâce à l'influence de ce doux bavardage, ils finirent par perdre de vue tout le péril de leur situation pour se concentrer dans l'enivrante songerie de leurs projets futurs.

Le jour vient vite au mois de juin, et l'heure fuit rapide dans les ravissants caquetages à deux! Déjà, les blancs rayons de la lune avaient pâli. Depuis quelques minutes, le chant des verdiers annonçaient le concert matinal de la gent ailée. Peu après, la fauvette y joignit sa note gracieuse. La caille commença à sautiller dans les oulières. Le ramage du rouge-gorge et le gazouillement du roitelet vinrent renforcer l'orchestre aérien et enfin, un merle audacieux, osa accueillir d'un vigoureux coup de sifflet l'apparition du soleil qui pointa tout-à-coup au-dessus de la montagne.

Les mille bruits indescriptibles, accompagnant le réveil de la nature en rase campagne, emplirent les pinèdes. Un vent léger agita les feuilles qui, sous le prisme de cette clarté naissante, semblaient plus fraîches et plus vertes. *La Tête de Puget* accusait plus fortement ses contours harmonieux sur la couche de roche que lui formaient les collines, dont la cime ardue se noyait dans une masse de vapeurs bleues flottant autour d'elle comme des voiles diaphanes. Chaque branche un peu touffue des pins qui se balançaient mollement au gré de la brise, révélait un nid, et les oiseaux bondissaient gaiement sur les touffes voisines des romarins, des bruyères et des lavandes.

Toutes ces images riantes, ce calme des champs, cette matinée ensoleillée et radieuse ; tout cela imprégna d'un charme indicible le cœur de nos fugitifs. Ils se turent... et admirèrent pendant quelques instants le spectacle magique, si libéralement offert à leurs yeux par la main de ce grand artiste que nul talent terrestre ne saurait égaler.

Emery sortit le premier de son extase.

— Voici le jour, dit-il, le jour dans toute sa splendeur éblouissante. Il rassure d'ordinaire, mais pour nous, en ce moment, c'est le danger, et il faut nous réfugier comme des taupes dans notre souterrain jusqu'à l'heure du départ. Viens ! viens vite ; nous n'avons plus une minute à perdre.

Ils rassemblèrent leurs provisions et les engins de sûreté que leur avait remis le *pescadou,* et d'un pas hâtif, ils s'enfoncèrent dans les vallons dont les détours sinueux et montants conduisaient à la baume Roland.

A l'époque dont nous parlons, cette grotte n'était point telle qu'elle se trouve aujourd'hui.

Devenue la propriété d'une des plus honorables familles de Marseille, qui compte parmi ses membres des artistes amateurs dont le talent peut exciter une légitime envie dans le monde des théâtres, elle a subi quelques modifications. Mais, à l'heure dont nous nous occupons, cette baume, creusée par un caprice de la nature au flanc des montagnes de Montredon, n'était qu'un antre sauvage connu seulement des chasseurs qui venaient, mais bien rarement, s'y reposer.

Cet endroit écarté avait revêtu quelques-unes des teintes de la légende, grâce au souvenir effrayant que, d'après des récits populaires, avait laissé un audacieux chef de bandits lequel, sous le règne de Louis XV, devint le fléau des Marseillais qu'il dévalisait impitoyablement sur les grandes routes et au sein même de leur ville où, pendant les heures nocturnes, il bravait sans vergogne la surveillance de Monsieur le Lieutenant de police.

Ce hardi coquin paya plus tard ses méfaits de sa vie, et les expia par le supplice de la roue en place publique, dans la bonne ville d'Aix. Sa lugubre histoire était restée dans la mémoire des campagnes, jadis terrifiées par lui, et son nom demeura rivé à cette caverne, autrefois son refuge.

Le souvenir légendaire de ce rusé voleur avait entouré la grotte Roland d'une sorte de crainte superstitieuse, barrière infranchissable pour la curiosité des touristes qui se risquaient rarement aux alentours de l'ancien repaire.

Les deux *calignaïres* eurent bientôt franchi la distance qui les séparait de leur asile mystérieux et presque redoutable.

La baume Roland se trouvait au-dessous du pic de Marseilleveire. Le lieu était désert, d'aspect triste ; dans cette direction on ne trouvait pas la moindre hutte ou cabane de bergers. A voir l'étroit orifice qui lui servait d'entrée on n'eut certes pas supposé l'étendue du souterrain. La seule ouverture accessible pour y arriver était une fente au milieu des rochers où se croisaient les rameaux d'un vieux lierre s'accrochant aux saillies de la pierre sur laquelle croissaient, ça et là, quelques touffes de thym fleuri.

Ce trou noir, peu commode à atteindre, n'était pas de mine fort engageante, et notre héroïne eut un petit mouvement de recul en apercevant la nouvelle demeure où, fort à contre cœur, il lui fallait chercher un abri momentané.

— C'est là, lui dit Emery, hésitant quelque peu lui aussi, et il lui montra du doigt la fissure dans un pli du rocher.

— Mais, demanda Cassiette, la voix tremblante ; nous ne pourrons jamais nous glisser par cette étroite ouverture.

— Ne t'inquiète pas, répondit Emery, qui n'était pas très-rassuré lui-même ; la plupart des baumes sont ainsi. Dans presque toutes, une salle assez spacieuse se rencontre dès qu'on a franchi ce premier passage. Mais il faut nous y engager sans retard ; le soleil brille, et pendant trois jours il sera pour nous un signal d'alarme. Aie du courage ! Suis-moi... Je vais passer le premier : une fois dedans, si je ne trouve pas de sujet de crainte, je t'appellerai,

Achevant ces mots, Emery, souple et leste, glissa sur la pente de la colline. En deux bonds, prouvant l'agilité d'un chasseur émérite, il atteignit le passage et s'y enfonça résolument, quoique avec une certaine prudence. Il eut soin d'écarter les branchages qui masquaient l'entrée, de manière à faciliter la descente de Cassiette, mais sans les briser complètement, puis, posant le pied avec précaution sur la terre mouvante, il se cramponna des mains à quelques tiges d'arbuste qui s'étaient faufilées dans les interstices du roc, et après quelques secondes, arriva sans trop de peine sur le sol de la baume Roland.

Cassiette, sentant qu'il lui fallait vaincre ses répugnances, l'avait suivi dans le sentier escarpé des roches raboteuses. Elle mit un peu plus de temps à son ascension, mais l'accomplit avec non moins de bonheur que lui.

En approchant de l'entrée, elle entendit Emery qui l'appelait de l'intérieur d'une voix basse et contenue.

La jeune fille promena un long regard de regret sur le paysage ensoleillé et si riant dont elle était environnée ; puis ses yeux quelque peu effarés se portèrent sur ce passage étroit, difficile, mystérieux.... L'hésitation la reprit ; elle continua cependant, mais avec une certaine lenteur. Elle s'engagea, à son tour, dans l'anfractuosité de la roche. La nature mobile du sol fit dévier son mouvement ; ses pieds glissèrent sur le sable et elle se trouva précipitée dans le passage plus vite qu'elle ne le voulait. Sa tête, seule, était encore de niveau avec l'orifice.

Sous l'empire d'un sentiment instinctif, non raisonné, mais irrésistible, Cassiette se pencha sur le bord du trou... Avant de se plonger dans ces ténèbres, elle voulut, une fois encore, revoir le ciel bleu... le soleil... la lumière !...

Elle eut un frisson, l'air manqua à sa poitrine oppressée. Il lui sembla qu'elle allait étouffer... Elle appuya vivement son visage sur la roche froide. Ses yeux errèrent vaguement au-dehors ; le ciel lui versa son azur ; le soleil l'éblouit d'un chaud rayon. A quelques pas de là, faisant suite à un horizon de pins verts dont la brise courbait le dôme, Cassiette entrevit la mer, toute miroitante sous le feu des mille paillettes qui s'y jouaient.

Le cœur de la jeune fille se dilata ; elle but avidement toute cette fraîcheur matinale, elle aspira avec ivresse cette essence de vie, de printemps, de renouveau, de jeunesse, qui s'exhalait de chaque plante, de chaque fleur, toutes emperlées encore des pleurs de la rosée... Ses doigts se détendirent soudain et abandonnèrent le roc auquel elle s'était cramponnée ; ses pieds plongèrent de nouveau dans le sable mouvant. Une touffe de thym fleuri qui croissait au bord de l'orifice et qu'elle avait arrachée en s'y soutenant, se détacha tout à fait et, l'accompagnant dans sa chute, roula avec elle dans le gouffre.

Telle la dernière gerbe de fleurs jetée par une main amie sur la jeune fille nouvellement descendue dans sa tombe.

Une mésange, sautillant au-dehors sur les branches du grand lierre, jeta un petit cri perçant... Etait-ce une prière ?... Etait-ce un avertissement ?...

Cassiette ne l'entendit point.

Elle avait rejoint Emery.

Le monde des vivants s'était refermé sur eux.

. . . .

Le jeune homme, un peu rassuré, la reçut :

— Vois ! dit-il tendrement à la jeune fille dont il devinait l'émotion ; ce n'est pas aussi vilain que nous avions cru : à deux, on pourra vivre sans trop de désagrément pendant trois jours, ici.

En promenant ses regards autour de sa nouvelle demeure, Cassiette put se convaincre que son fiancé n'avait pas tout-à-fait tort.

Ils se trouvaient dans une grotte assez spacieuse, recouverte d'un sable fin où se mêlaient de petites pierres roses traçant sur le sol une mosaïque d'aspect à la fois étrange et pittoresque. Des piliers, de roche naturelle soutenaient de distance en distance la voûte, suffisamment élevée pour permettre la circulation de l'air. Les stalactites y étaient nombreuses. Le caprice de la nature leur avait prêté des formes fantaisistes que le ciseau de l'artiste le plus habile aurait eu de la peine à leur donner. Les unes ressemblaient à de vrais arceaux de cathédrale gothique ; les autres composaient de bizarres dessins représentant des créneaux, des tourelles, des pilastres, enveloppés de dentelles admirablement ouvragées.

Au travers de cette broderie de pierres se jouaient des festons, des guirlandes et des fleurs imitées avec une rare perfection ; c'était vraiment un travail curieux et féerique.

Un sculpteur, plein d'extase, serait resté des journées entières dans cette retraite isolée, discret sanctuaire de tant de trésors artistiques.

Au fond, une petite source coulant le long de la roche, éclaboussait de ses perles quelques touffes de plantes sauvages égarées, çà et là. Dans un coin on apercevait un passage noir ; c'était la continuation du souterrain. La grotte se trouvait éclairée par un demi-jour tombant de l'ouverture par laquelle les jeunes gens s'étaient introduits. Il y avait juste assez de lumière pour bannir la tristesse. A l'intérieur, le plus profond silence ; on se serait cru transporté en un monde nouveau. Cet amoncellement de rochers semblait être une barrière infranchissable contre les bruits extérieurs. C'était sauvage, mais pas lugubre. Ce lieu désert exhalait comme un vague parfum de mystère, attirant le promeneur assez audacieux pour vouloir en découvrir le secret.

Cette exploration rasséréna un peu les nouveaux venus.

Emery se mit en devoir d'arranger les provisions et les engins de sûreté qu'ils devaient à la prudence de l'obligeant Gaspard, et, comme à vingt ans, les soucis et les alarmes ne peuvent empêcher les réclamations d'un bon estomac, surtout après une nuit blanche et une course matinale parmi les bois aux arômes résineux, ils firent largement honneur aux munitions de bouche réunies dans le bissac du jeune homme.

Ces premières heures du jour avaient serré le cœur de Cassiette. Elle crut entendre retentir, sinon à ses oreilles, du moins dans sa pauvre âme troublée, les coups de cinq heures vibrant à l'horloge du petit clocher de Montredon. Il lui sembla voir la bastide s'éveiller ; son père furieux, courant les monts et les vaux pour s'enquérir d'elle, et surtout, elle songea à sa mère qu'un mirage poignant lui montra, pleurant, esseulée, dans sa chambre vide... mais elle se raidit contre ces chers ressouvenirs, et leur criant tout bas dans un sanglot étouffé : au revoir !... elle s'arma de tout son courage pour ne point attrister Emery.

Il comprenait, lui aussi, ce qui se passait dans le cœur de sa compagne, et il se montra, d'abord, plus tendre et plus affectueux que jamais. Il déploya toute sa verve, tout son entrain pour arriver à la distraire ; il parla longuement de leurs doux rêves d'avenir, de leurs projets, de leur voyage, et surtout du retour tant désiré, quand la grande colère de Mesté Bouis serait apaisée. Il arriva à détourner le cours des idées de Cassiette et l'amena à rire bien franchement en lui représentant la mine que ne manquerait pas de faire son *amoureux* de Salon, si heureusement dépisté par leur fugue.

La peinture grotesque qu'il traça des fureurs impuissantes de son rival, les mit en gaîté tous deux. Il n'en faut pas tant à la jeunesse pour oublier les douleurs passées et croire au sourire trompeur de l'avenir !

Le repas fini, les deux *calignaires* se désaltérèrent à l'onde fraîche de la source en s'éclaboussant avec malice à l'aide de petites gouttes d'eau réciproquement lancées pendant qu'ils se prêtaient leur unique verre.

La joyeuse humeur revint tout à fait. Emery assura, d'un air grave, qu'un homme marié doit savoir s'entendre aux choses du ménage ; et, joignant le précepte à la théorie, il se hâta de réunir les restes des provisions et les enferma soigneusement dans la gibecière qu'il enfouit ensuite sous une grosse pierre protégée par des rameaux de lierre, ramifications du vieux tronc croissant à l'entrée de la baume.

— Il faut bien cacher cela, dit le jeune homme ; on n'a jamais pu savoir... s'il nous arrivait des visites ? C'est qu'il ne nous reste pas de quoi les inviter à souper !

Poursuivant ses fonctions en conscience, il s'assura que son briquet était toujours dans sa poche en compagnie de son amadou et d'un paquet d'allumettes ; plaça la lanterne à portée de sa main et se mit en devoir d'attacher d'une façon solide une extrémité de la longue corde que lui avait remise le *pescadou* à une pointe de rocher formant saillie, non loin du passage souterrain. Il dissimula cette pierre et le câble qu'il venait de lui confier sous une couche de mousse artistement disposée. Ensuite, il fit courir la corde le long du roc jusqu'à l'orifice de la deuxième grotte, mais en ayant grand soin de lui faire raser la terre pour qu'elle ne risquât pas d'être aperçue, à moins d'un très-minutieux examen, de ceux qui auraient pu descendre dans la première salle. Ce travail achevé, il se frotta joyeusement les mains, en disant tout haut :

— S'ils nous découvrent dans ce trou aux cafards, faudra qu'ils soient finauds !

Cassiette, assise sur le sable rose, le regardait faire en souriant doucement.

— Mais, observa-t-elle, tu travailles comme si nous n'étions pas en congé, et moi je ne t'aide pas... Je suis bien paresseuse aujourd'hui !

Emery revint à elle ; il se mit à ses pieds, appuya ses coudes sur ses genoux, prit dans ses mains ses deux mains, et la regardant longuement, les yeux dans les yeux, il lui murmura :

— On dit que par la beauté, les filles d'Arles sont reines. Moi, je soutiens que les filles de Marseille sont au moins Druidesses, et leur travail doit être de dicter des oracles qu'il faut entendre à genoux...

La causerie recommença sur ce ton ; gaie et folâtre par instant, puis sérieuse et attendrie. Aux impressions présentes succédèrent les ressouvenirs du passé déjà évanoui. Emery lui parla de leurs joies d'enfant à l'époque où il lui apportait la première branche de mûres rougissant sur les haies sauvages, non loin de la bastide paternelle, ou le nid nouvellement éclos dans la feuillée au sein des pinèdes profondes. Elle, avec un sourire mouillé de larmes, lui rappela certain jour où, passant sous un amandier, elle avait témoigné le désir de posséder quelques-unes de ces jolies étoiles blanches aux veines cerises qui embaumaient l'air autour d'eux ; et où, lui, s'élançant trop vite sur l'arbre fragile pour s'emparer de l'éphémère trésor, était tombé en se faisant une grosse blessure au front.

Emery évoqua les doux songes des temps heureux où il regrettait naïvement de n'être point son frère, car il eût voulu ne la quitter jamais. Puis, remontant le cours de quelques années, il présenta à sa mémoire la tendre souvenance de l'incident fortuit qui l'avait éclairé sur la nature de cette affection pour elle et lui en avait appris le vrai nom.

C'était un radieux dimanche du mois de mai, ce mois où s'épanouissent les roses, comme si elles pouvaient comprendre que leur place est réclamée dans le sanctuaire à demi voilé de blanches draperies, aux pieds de la Vierge souriante, au milieu des nuages d'encens qui semblent emporter la prière aux divines régions.

Il y a en Provence une antique coutume qui subsiste encore de nos jours. Le premier dimanche de mai, les fillettes de chaque quartier choisissent parmi elles une reine ou une belle — c'est encore mieux le mot, qui nous vient sans doute de la langue des troubadours — la parent d'une robe blanche, d'un voile diaphane et d'une couronne de ces petites roses que dans le midi, on nomme : *Pomponnettes* et dans le nord *roses d'amour*, puis, la font asseoir entre deux cierges allumés devant une table recouverte d'une nappe où s'étalent des branches de genêts et des bouquets de fleurs sauvages.

La fillette, transformée de cette gracieuse façon, reçoit le titre de *Belle de Mai*. Elle demeure là toute l'après-midi, sollicitant d'un sourire la générosité des passants, tandis que ses compagnes tendent timidement une petite sébile à leur offrande. Or, le dimanche dont nous parlons, Cassiette avait été élue par ses amies pour remplir le rôle de la *Belle de Mai*. Elle avait alors treize ans. Emery en comptait quinze.

Passant devant le gracieux essaim des fillettes, il s'était arrêté d'abord, puis était demeuré perdu dans la contemplation extatique de celle qui remplissait tout son cœur, sans que lui-même s'en doutât.

Une exclamation poussée derrière lui l'arracha tout à coup à sa songerie. Elle venait d'un de ses camarades qui, bouche béante en face de la *Belle de Mai*, la montrait à un ami en lui disant :

— Vois donc qu'elle est jolie ! je la voudrais bien pour ma ménagère !

Emery se retourna, comme s'il eut été mordu par un serpent.

Le sang lui monta aux tempes ; il vit rouge... sans avoir conscience de son action ; d'un vigoureux coup de poing, il envoya l'ad-
mirateur rouler à dix pas.

Il s'en suivit une petite bataille. Personne ne comprenait rien à ce
qui venait de se passer et Cassiette, surtout, comprenait moins que
les autres.

Quand elle put se retrouver seule avec Emery, libre alors de lui
exprimer sa surprise, elle lui demanda la cause d'un emportement
qui contrastait si fort avec le caractère pacifique du jeune homme.

Emery devint couleur de pivoine et répondit en suffocant :

— Il t'admirait ; je l'ai frappé parce que je t'aime !

A ce mot, une lumière soudaine jaillit dans l'âme de Cassiette, et
l'intimité toute fraternelle des deux pauvres enfants se transforma
en un sentiment sincère, profond, que rien ne put déraciner de leur
cœur et qui devait, hélas ! les conduire à leur perte.

Après ce souvenir, mille autres furent évoqués, et les heures s'é-
coulèrent rapides, tantôt pleines d'émotion, tantôt marquées par
une note de franche gaîté, au milieu de cette causerie douce et toujours attrayante.

Tout à leur ivresse, les amoureux n'eurent garde de remarquer la
fuite du temps, si bien que la faible lueur qui éclairait la grotte fai-
blit encore et les *calignaïres* se trouvèrent soudain plongés dans une
demi-obscurité.

Depuis quelques instants déjà, Cassiette fatiguée de ses émotions
et de sa nuit d'insomnie, luttait visiblement contre le sommeil.

Emery tenait sa main ; il la sentit fléchir.

Le brave enfant n'avait pas reçu beaucoup d'éducation, mais c'é-
tait une honnête et loyale nature ; il adorait Cassiette, et si son cœur
était rempli d'amour, son âme était pleine de vénération et son
respect égalait sa tendresse.

Il pressa doucement la main de la jeune fille.

— Tu es brisée, ma pauvre amie, lui dit-il d'une voix affectueuse ;
un impérieux besoin de repos te réclame. Je vais t'organiser un bon
petit lit avec ces feuilles sèches, là-bas, dans ce coin, et pendant
que tu dormiras, je me mettrai en sentinelle à l'entrée de la Baume,
car nous ne devons pas oublier qu'il nous faut veiller au salut com-
mun. Aux premiers feux du jour tu viendras prendre mon poste et,
à mon tour, j'irai dormir.

3

En deux minutes, Emery, avec l'adresse d'un chasseur habitué à passer d'excellentes nuits dans la moindre crevasse de rocher, arrangea avec de la mousse et des feuilles une couche qu'un sybarite n'eût peut-être pas trouvée très-commode, mais où une tête de vingt ans pouvait rencontrer le repos et même de doux songes.

Puis, il souhaita cordialement le bonsoir à sa promise et alla se poster à l'orifice de la caverne.

La jeune fille murmura une courte prière, puis, elle s'étendit sur ce matelas improvisé et ne tarda pas à s'endormir, le sourire sur les lèvres, et la confiance au cœur...

Emery n'était-il pas là pour veiller sur elle ?

La nuit était tout-à-fait descendue. Dans la grotte, enveloppée d'épaisses ténèbres, régnait un silence profond.

Les fatigues, et, plus encore, les émotions de cette journée avaient triomphé de la robuste nature d'Emery; brisé de lassitude, il luttait contre un impérieux besoin de sommeil. Comprenant l'importance de demeurer en vedette pendant ces heures, (lesquelles pouvaient être grosses de périls pour eux !) il essaya de résister à la torpeur qui s'emparait de tous ses sens, mais son accablement l'emporta sur sa volonté et il s'assoupit malgré lui.

Emery ne put se rendre compte du temps qui s'écoula pendant qu'il se trouvait dans cet état étrange qui n'est plus la veille et n'est pas encore le sommeil. Mais la nuit était si calme, la grotte si tranquille, qu'il fut au moment de s'endormir tout-à-fait. Ses membres se détendirent et il tomba sur le sable qui lui parut un lit délicieux. Il s'apprêtait à ronfler de tout son cœur quand, soudain, un son vague, confus, mais cependant perceptible pour une oreille exercée, arriva jusqu'à lui.

Sans avoir encore bien conscience de sa situation, Emery se frotta les yeux à plusieurs reprises, puis, se coucha à plat ventre à l'orifice de la baume afin de ne rien perdre des plus légers bruits qui pouvaient en ce moment raser la terre dans cette direction.

Il écouta durant quelques minutes... Son cœur battait à se rompre.

Il se releva tout-à-coup. La sueur perlait à son front.

Au loin, un aboiement de chien s'était fait entendre! Quelques secondes plus tard, le doute ne fut plus possible.

Un second jappement avait traversé le calme de la nuit...

C'était un aboiement très-prolongé... On eut dit une plainte.

Emery sentit sa respiration s'arrêter dans sa gorge haletante.

Derechef il appliqua son oreille contre la paroi du rocher.

La pinède semblait s'être animée.

Il crut entendre des pas glisser sur les feuilles sèches des pins...

Emery tressauta dans tout son être. D'un bond, il fut auprès de la couche improvisée où dormait la pauvre jeune fille.

— Ecoute! cria-t-il d'une voix désespérée en lui secouant les bras : Éveille-toi et écoute.

Réveillée en sursaut, Cassiette se dressa en disant :

— Qu'arrive-t-il, mon Dieu? est-ce que je rêve?

— Hélas! non, répondit Emery; approche-toi. Ecoute!

En cet instant un nouvel aboiement plus distinct, cette fois, plus rapproché, arriva jusqu'à eux.

— As-tu entendu? fit-il d'une voix basse mais accentuée par la terreur : reconnais-tu cet aboiement?

— Oh! mon Dieu, s'écria Cassiette; c'est la voix de Loubet!

— Ah! tu l'as reconnu comme moi! Ils sont sur notre piste. Ils nous font chercher par Loubet. Ah! nous n'avions pas prévu cela. Dans quelques minutes ils seront à la grotte et Loubet nous découvrira infailliblement.

— Oh! fuyons! exclama Cassiette frémissante, et la pâleur de la mort sur les joues.

— Oui, fuyons sans perdre une minute, et fasse Dieu qu'il en soit temps encore! répéta Emery.

A la hâte, il tira son briquet, en obtint assez rapidement du feu, bien qu'il le battit d'une main mal assurée, et parvint à allumer sa lanterne. Puis il ramassa la corde qu'il avait dissimulée sous les rameaux de lierre, le long du rocher; fit à l'extrémité un nœud solide et, saisissant la corde d'une main et la lanterne de l'autre, il dit à Cassiette :

— Prends mon bras, et quoi qu'il arrive, sur ton âme! ne le quitte pas.

Cassiette, adroitement, ramena les épaisses branches du lierre sur les divers objets qu'ils abandonnaient en ces lieux, comptant les retrouver peu d'instants plus tard, et sûre de n'avoir laissé aucune trace compromettante, elle se cramponna au bras d'Emery.

Tous deux alors, marchant doucement et avec des précautions infinies, s'enfuirent dans l'étroit couloir qui conduisait dans la seconde salle de la baume.

Ce passage était d'accès bien difficile. Son parcours offrait d'autant plus de danger que l'eau qui suintait sans cesse le long du roc l'avait rendu humide et glissant.

L'argile recouvrant le sol de la grotte se trouvait détrempée, de distance en distance, par de larges flaques et entravait la marche des fugitifs. Fréquemment, ils rencontraient de profondes crevasses ; le chemin se rompait tout-à-coup sous leurs pas, et devant eux se dressaient des précipices béants dont leurs regards effrayés ne pouvaient mesurer l'étendue. A tout moment ils étaient obligés de ralentir leur course pour chercher une route frayable.

Cassiette sentait son pauvre petit cœur tressauter sous l'angoisse ; ses battements l'étouffaient. Elle s'attachait de toutes ses forces au bras d'Emery. Le pauvre garçon, haletant, n'avait garde de lâcher la corde qu'il tirait soigneusement derrière lui, le long du rocher. Ils allaient ainsi, aussi vite que le permettaient les inégalités du terrain, sans se parler, car ils avaient peur d'entendre résonner leurs voix sous les voûtes de la caverne et n'osaient même se communiquer leurs craintes.

Soudain un aboiement bien plus distinct, cette fois, et plus rapproché, traversant les profondeurs du souterrain, arriva nettement à leurs oreilles.

— Bonté divine ! s'écria Cassiette : c'est Loubet !

— Malédiction ! proféra Emery ; ils sont dans la baume...

Saisis d'une terreur insensée, les deux pauvres *calignairés* prirent leur course, au hasard, dans le dédale des couloirs qui se présentaient à eux. Perdant tout-à-fait la tête, ils ne cherchaient plus à se rendre compte de la route ; ils n'avaient plus qu'une idée : fuir, fuir à tout prix...

Cette course folle durait depuis un certain temps déjà lorsque Cassiette, poussant un cri terrible, abandonna tout-à-coup le bras d'Emery.

— La terre manque sous mes pas ! exclama-t-elle.

Par bonheur, au même instant, le jeune homme avait senti le sol se dérober sous lui ; il s'était arrêté à temps et put retenir sa compagne à la minute même où elle allait disparaître dans l'un des gouffres ouverts à leurs côtés.

Il fut assez heureux pour la ramener près de lui, sur le sentier, sans autre blessure qu'un coup près du front qui, d'abord, ne parut pas offrir de gravité. Mais dans le brusque mouvement qu'avait fait Emery pour soutenir Cassiette, sa lanterne lui était échappée et en tombant elle s'était éteinte.

En reprenant possession d'eux-mêmes, les deux pauvres enfants sentirent une nouvelle terreur. La nuit la plus profonde les enveloppait à cette heure ; que faire, et comment se diriger au milieu des ténèbres ? Des gouttes de sueur froide coulèrent sur les joues d'Emery ; il n'osait dire ce qui se passait en lui. ni quel horizon d'angoisses s'ouvrait devant sa pensée !

Cassiette, toute tremblante, essaya de douter encore de leur malheur.

— La lanterne ne saurait être loin, dit-elle bas à Emery, car elle craignait, en élevant la voix, d'éveiller l'écho de ces sombres voûtes.

— Cherchons ! répliqua Emery, sans vouloir discuter, mais avec l'accent du désespoir : seulement, attache-toi bien à mon bras. Pour Dieu ! ne le quitte plus.

Et se tenant d'une main, ils explorèrent de l'autre, à tâtons, le sol humide. Leurs recherches furent vaines, la lanterne avait sans doute disparu dans quelque crevasse ; elle ne se rencontra point sous leurs doigts raidis par l'épouvante.

Après une demi-heure d'efforts infructueux, accablés de fatigue, ils tombèrent assis, l'un à côté de l'autre.

Bien que son sang se figeât dans ses veines, Cassiette voulut espérer encore.

— Emery ! fit-elle, Emery ; tu as sans doute ton briquet dans la poche ?

Emery eut un cri soudain.

— Ah ! murmura-t-il, j'avais perdu la tête ; je l'avais oublié. Il est toujours là, nous sommes sauvés.

Et passant d'un coup du désespoir à l'espérance, il tâta sa poche, y sentit le briquet, le saisit et s'apprêta à faire jaillir l'étincelle libératrice.

Mais l'implacable déesse antique — *la fatalité !* — avait désigné de son doigt inexorable les deux jeunes et belles victimes de Montredon.

Emery, rayonnant déjà, battit fortement le silex avec le briquet ; un éclair brilla tout-à-coup dans la nuit et montra aux fugitifs une galerie assez spacieuse qui s'ouvrait devant eux. Mais l'obscurité les envahit de nouveau et le pauvre garçon jeta un cri dont rien ne pouvait rendre l'expression déchirante. Dans son enthousiasme il s'était trop hâté et venait de laisser choir le briquet sauveur...

Les grandes infortunes n'ont souvent ni larmes ni plaintes ; l'exclamation désolée d'Emery avait douloureusement retenti dans l'âme de Cassiette. De ses mains froides elle serra son bras dans une longue étreinte, mais elle ne parla pas.

C'était le coup de grâce ; le dernier espoir de salut s'envolait. C'était la souffrance suprême du noyé qui, prêt à saisir une planche, la voit s'abîmer au fond des eaux.

De rechef, la nuit profonde, impénétrable, les enveloppait. Plus aucun moyen de fuite. Pas le plus léger indice de la route à suivre pour sortir de cet affreux labyrinthe dont les inextricables détours semblaient, pour eux, être ceux de l'enfer.

Et pourtant l'espérance est si tenace dans le cœur de la pauvre humanité qu'ils voulurent encore se cacher à eux-mêmes leur invincible découragement.

— Nous avons été trop vite, vois-tu, dit la pauvre Cassiette, et cette précipitation est cause de notre malheur. Allons doucement, avec précaution, et nous arriverons à sortir d'ici. Cet instant de clarté, si court, a suffi pour nous faire voir une galerie où l'on peut s'aventurer. Viens! lève-toi. Essayons de marcher à petits pas en nous tenant bien par la main.

Et se levant elle-même, elle se suspendit au bras du jeune homme.

Emery sentait son cœur serré comme dans un étau. Il n'eut pas la force d'articuler une parole. Sa main répondit par une longue étreinte à la pression de celle de son amie et tous deux, lentement, avec défiance, sans se communiquer leur angoisse mutuelle, ils reprirent leur course à travers les interminables couloirs.

Combien de temps marchèrent-ils ainsi ?... Ils ne purent s'en rendre compte.

Ils allaient toujours, se heurtant parfois contre un invisible obstacle, posant le pied avec crainte, car des inégalités de terrain, des fondrières, des crevasses les arrêtaient souvent ; ils baissaient la tête pour éviter les saillies que projetaient parfois les rochers au-dessus d'eux, leur apportant par cela même un danger nouveau.

Ils allaient toujours... mais non avec cette espérance qui soutient, console, et, semblable au phare lumineux, brille tout-à-coup au milieu de la tempête et vient éclairer les plus noires ténèbres. Hélas non ! ce doux espoir qui fait voltiger ses vertes banderolles aux yeux les plus chargés de larmes, ne devait plus luire pour eux. Ils tentaient un dernier effort; ils jouaient leur dernière carte, essayaient une lutte suprême avec le Destin, ne voulant pas cesser de combattre, — les vaillants qu'ils étaient! — avant d'avoir épuisé jusqu'à leurs dernières forces, mais, d'avance, ils comprenaient l'inutilité de leur tentative, et tristes, mais braves, ils cheminainet lentement, le désespoir dans l'âme.

Si leur énergie résistait encore, leurs forces étaient à bout. La nuit sinistre, implacable, les environnait toujours. Impossible de trouver un indice pour se guider à travers cet affreux dédale. L'illusion, hélas ! n'était plus permise. A moins d'un miracle, ils ne pouvaient plus songer à retrouver leur route : ils étaient bien ensevelis dans ces nouvelles catacombes... ensevelis vivants !!

Cette infernale conviction s'enracinait à chaque minute avec plus de violence dans le cerveau du malheureux Emery.

Il s'arrêta enfin et s'écria :

— Oh ! oui ; nous sommes perdus !...

Et il se laissa tomber sur la terre.

Les yeux gros de larmes, désolée, mais résignée et douce comme ces vestales antiques descendues par la main inexorable des grands prêtres dans les cryptes du temple, Cassiette s'agenouilla près de lui.

— Je suis épuisée, murmura-t-elle faiblement ; reposons-nous un peu.

Il n'eut pas le courage de répondre.

Tous deux se couchèrent sur le sable.

Ils n'osaient pas se l'avouer, mais l'un comme l'autre, ils avaient faim...

Des gouttes de sueur froide inondaient leurs cheveux ; des crampes atroces crispaient leur estomac. Après tant de luttes et de fatigues, un invincible besoin de sommeil commençait à les engourdir.

Dieu eut pitié ; la douleur accorda une trève : ils s'endormirent.

Eux-mêmes ne purent avoir conscience du temps que dura ce suprême repos.

La mort arrivant à cette heure eût été un bienfait ; mais les pauvres enfants étaient trop jeunes, trop vigoureux. Ils n'avaient point encore vidé la coupe des souffrances.

Ils se réveillèrent.

La nature, un moment leurrée, reprenait tous ses droits, et leurs entrailles tordues crièrent la faim.

Malgré son angélique résignation, Cassiette ne put retenir quelques plaintes.

Alors, Emery éprouva un accès de désespoir qui toucha à la folie.

Oubliant ses propres angoisses pour ne songer qu'aux tortures de celle qu'il adorait, il s'écria :

— Et c'est pour moi que tu souffres ainsi ! Oh ! pardonne, ma pauvre Cassiette, mon amour t'a conduite à l'abîme. Pardonne-moi.

Mais où sont-ils donc, ceux qui nous cherchaient tout-à-l'heure ? Pourquoi Loubet ne s'est-il pas mieux lancé sur notre piste ? Pourquoi avons-nous fui ? Oh ! puissent-ils revenir et m'entendre ! Oui, qu'ils m'entendent ! et je me livre à eux. Qu'ils m'envoient ramer sur les galères, mais qu'ils te sauvent !

Et, dans le transport de sa douleur, il fit retentir la grotte de ses cris. Mais l'écho seul lui envoya quelques notes lugubres. Personne ne répondit ; aucune clarté ne perça l'horreur des ténèbres.

Le souterrain profond reprit son silence sépulcral.

Le désespoir d'Emery devint de l'exaspération. Il enfonça ses ongles dans les interstices du roc, avec l'espoir insensé d'entamer la pierre ; il la mordit à pleines dents ; le rugissement, avec le blasphème, sortit de ses lèvres, d'où jaillissaient des gouttes de sang.

Cassiette saisit son bras dans ses mains déjà froides.

— Arrête ! ami, lui dit-elle avec douceur ; à cette heure, les regrets ont superflus. Tout est fini pour nous. La vie nous a été dure ici-bas ; là-haut, peut-être, l'azur se fera plus bleu pour abriter notre amour. Du courage, de la résignation ! Vois-tu, mon Emery, nous ne devions pas être heureux. On nous aurait sans doute découverts, arrachés l'un à l'autre... La mort nous réunira dans l'éternel bonheur. Encore quelques instants de patience et nous n'aurons plus rien à craindre désormais.

Le cœur d'Emery se brisait ; sa rage fondit dans des sanglots.

— Oh ! ne parle pas ainsi, ma pauvre Cassiette. Ces heures qui nous ont paru si longues ont fini cependant. Gaspard viendra bientôt. Il nous sauvera. Il se peut, hélas ! que les autres viennent aussi avec lui, mais si je dois te perdre, au moins je t'aurai rendue à la lumière, à la vie ! J'en mourrais, moi... mais je n'hésite pas ; plutôt que de te voir souffrir ainsi, j'aimerais mieux te jeter aux bras de Mesté Tisté.

— Oh ! non, mon bien-aimé ; je ne veux pas de l'existence à ce prix. Si je ne puis te donner ma vie, je préfère mourir avec toi.

La pauvre fille avait mis toute son âme dans ce mot. Ce dernier effort l'épuisa. Elle n'avait point parlé à Emery d'une nouvelle angoisse qui s'ajoutait à ses autres supplices. La blessure qu'elle s'était faite en tombant lui avait paru légère tout d'abord, mais peu à peu la tête s'était enflée ; une douleur intolérable précipitait le battement de ses artères et une fièvre ardente secouait son corps si affaibli déjà. Elle s'était soulevée pour envoyer cette exhortation suprême à son Emery ; elle retomba à bout de forces sur la terre.

La douce créature ne s'était pas plainte ; au milieu de l'horrible nuit qui les environnait, le jeune homme ne put voir l'altération de ses traits, mais ces paroles, dont elle avait cru le consoler, pénétrèrent dans son cœur comme la lame d'un poignard.

Il s'agenouilla devant elle.

— Mais je n'accepte pas, moi, un tel sacrifice. Je te voulais souriante et heureuse avec moi, mais si mon amour, comme un poison fatal, doit mettre sitôt un terme à ta jeune existence, cet amour devient un crime et je prie Dieu d'amener ici ceux qui doivent t'arracher à la mort.

— Non, mon cher Emery, ne souhaite point leur venue. Crois-le ; je ne regrette rien. Il ne devait pas y avoir de bonheur pour nous. Nous aurions été séparés sur la terre, va ; Dieu est bon, nous irons nous aimer au ciel.

Les pleurs d'Emery tombaient, brûlants comme du plomb fondu, sur les mains glacées de la pauvre victime.

— Notre destin est bien cruel, mais il faut nous résigner, poursuivit Cassiette de sa voix d'ange ; nous avons eu tort de désobéir : nous avons voulu nous soustraire à un sort rigoureux et peut-être aurions-nous dû le subir comme un arrêt d'en haut.... C'eût été si bon, le bonheur!... Dieu nous le refuse.... Soumettons-nous. Vois-tu, ami, l'histoire de nos malheurs pourra être utile à d'autres : les enfants y trouveront qu'il y a quelques fois nécessité à obéir, si dure que puisse paraître l'obéissance ; les pères comprendront peut-être que leur volonté inexorable doit fléchir devant les larmes de ceux qu'ils chérissent!....

Cassiette s'arrêta tout-à-coup ; sa voix s'était brisée dans un hoquet douloureux.

— Qu'as-tu? Ah! Qu'as-tu? interrogea Emery qui comprenait, hélas! et qui pourtant ne voulait pas comprendre.

— Ah! je suis bien lasse, répliqua Cassiette avec effort ; je ne puis plus marcher. D'ailleurs, à quoi bon? Demeurons ici ; la délivrance doit être proche. Prions.

Un flot de larmes monta de nouveau au yeux d'Emery. La voix de Cassiette s'était affaiblie à chaque mot qu'elle prononçait.

Tous deux se turent. Emery essayait d'obéir à la douce voix qui lui enjoignait de prier, mais son cœur désolé ne se résignait pas : des murmures s'échappaient de ses lèvres et des sanglots convulsifs soulevaient sa poitrine haletante.

Cassiette commençait à ne plus avoir bien conscience de son état : ses yeux s'étaient fermés sous le poids d'une invincible torpeur qui s'emparait de tout son être.

Son âme se dégageait peu à peu des entraves terrestres et s'envolait doucement vers les régions de lumière. L'invocation que sa pensée, déjà errante, formulait avec confiance, s'achevait dans les cieux.

Quelques heures longues comme des siècles s'écoulèrent ainsi.

Emery, ployé par la souffrance en dépit de sa constitution robuste, s'était endormi d'un lourd sommeil plein de cauchemars et d'angoisses. Soudain, un gémissement de sa compagne le réveilla.

Cassiette voulait parler, mais sa gorge presque desséchée ne laissait plus échapper que des sons vagues et indistincts.

Emery ne voyait rien, mais il devinait.....

La sensation qui, comme un fer rouge, traversa son cœur, lui parut plus aiguë, plus poignante que la faim qui dévorait ses entrailles. De nouveau il se jeta aux pieds de Cassiette; il roula sa tête en feu sur ses genoux.... Il voulait l'interroger.... Mais cette horrible question prête à sortir de ses lèvres.... il n'osait la formuler.

Un second gémissement de Cassiette, plus douloureux, plus faible, troubla encore le silence de la voûte.

— Oh! Qu'as-tu? sanglota Emery : dis-le-moi; qu'as-tu?

— J'ai soif! articula Cassiette, d'une voix qui n'avait plus rien d'humain.

Le malheureux se rejeta la face sur le sable; il mordit la pierre derechef, cherchant, des lèvres et des mains, à rencontrer quelques flaques d'eau; mais il ne s'en trouvait pas; dans cette partie de la grotte le sol était plus friable, et les quelques poignées de terre qu'Emery put enlever aux parois du roc se séchèrent aussitôt dans ses doigts brûlés par la fièvre.

— Oh! murmura Cassiette, j'ai un brasier dans la poitrine... A boire! j'ai soif; j'ai soif!....

— Oh mon Dieu! mon Dieu, gémit le jeune homme en s'arrachant les cheveux, pourquoi ne m'as-tu pas tué avant elle? Vivre? Etre là, près d'elle, et ne pouvoir rien pour soulager sa torture! La voir souffrir ainsi... Cassiette, ma Cassiette, et je ne puis rien, rien pour toi!... Mais si! je peux faire quelque chose : je peux ranimer son existence en lui donnant ma vie.... J'ai là mon couteau, poursuivit-il, hors de lui, en délire, et tirant un objet qu'il venait de sentir dans sa poche :

— Tiens, ma Cassiette adorée : bois mon sang!

Il saisit l'arme de sa main droite, et sans hésiter, héroïquement, il s'ouvrit l'artère du bras gauche.

Le sang jaillit; le brave jeune homme resta debout, souriant.... Redevenu calme tout-à-coup, comme transfiguré, il tendit son bras à Cassiette.

— Essaye de boire; bois mon sang et vis!!

Mais Cassiette s'était subitement ranimée. Elle bondit sur Emery et essaya de fermer la blessure.

— Arrête! ami, s'écria-t-elle : si je pouvais vivre, je n'aurais pas besoin de ton sang. Cette preuve de ton amour suffirait pour me rendre l'existence. Et puis, c'est un crime, vois-tu, que de vouloir devancer les arrêts du ciel. La mort viendra à son heure et, là-haut, resplendit la couronne qu'obtiendra notre résignation. Il faut encore souffrir; il faut attendre tant que Dieu l'ordonnera. Souffrir ensemble... dis.... n'est-ce pas encore le bonheur?

Ses forces la trahirent, elle retomba sur le sol.

Emery avait jeté loin de lui le fer ensanglanté. Il se laissa glisser aux genoux de sa compagne et se tut....

Longtemps, bien longtemps, ils demeurèrent là dans une sorte de prostration; dormant presque, sentant à peine, insensibles à l'angoisse morale comme aux tortures du corps.

La mort commençait à les envahir.

Le silence semblait plus profond encore.

. . . .

Emery sortit le premier de cet état; il parvint à secouer sa torpeur. Il écouta.

Le calme, autour d'eux, était tellement sinistre qu'il eut peur.

Dans l'obscurité, il chercha et saisit la main humide de Cassiette.

— Amie, interrogea-t-il, parle-moi; dis-moi que tu vis toujours.

La voix de Cassiette, faible comme un souffle, semblant déjà ne plus appartenir à la terre, arriva jusqu'à son oreille attentive.

— Je ne sais, articula-t-elle péniblement, si je dors... si je rêve.... Il me semble que je souffre moins. Une sensation étrange s'empare de moi. C'est une sorte de lassitude, avec un bien-être que je ne comprends pas. Serait-ce le sommeil? Ah! qu'il aurait de doux songes! Ensuite, mon aimé, sens-tu comme un parfum délicieux qui nous environne?...

Je ne puis bien me rendre compte, mais cette odeur me ranime... Oh! qu'elle est suave! Que se passe-t-il autour de nous? Déjà serions-nous arrivés au pays de gloire et de lumière? Mais...la nuit est moins noire; ces ténèbres qui m'oppressaient ne pèsent plus sur ma poitrine.... Je respire.... Qu'est-ce que ces lueurs blanches que j'aperçois?.... Cette clarté qui flotte autour de nous? Mais je ne me trompe pas, Mon Dieu!.... J'y vois!

Une exclamation intraduisible du jeune homme couvrit le cri de Cassiette.

Dans une inquiétude mortelle il avait suivi ce qu'il pensait devoir être des hallucinations causées par la faim et la souffrance à sa compagne, mais à son tour, la même surprise inexprimable le faisait tressaillir.

Autour d'eux l'obscurité s'était affaiblie; sans y bien voir encore, ses yeux commençaient à distinguer quelque chose. Il crut apercevoir des formes blanches non loin d'eux et, à une assez grande distance, sur le fond sombre, se dessinait un point clair qui s'élargissait d'instant en instant.

— Mais tu ne te trompes pas, exclama Emery : c'est le jour ! L'une des deux issues de la caverne doit se trouver près de nous.

Saisis de stupeur, d'espérance encore, tous deux, muets d'angoisse, regardèrent....

Des ombres étranges, presque fantastiques, s'accusaient davantage à chaque instant.

Les *calignaïres,* subitement ranimés par cette singulière surprise, fixèrent leurs regards avides sur l'étonnant spectacle qui s'offrait tout-à-coup à eux.

Le corridor, dont ils avaient cru ne pouvoir jamais sortir, avait pris fin.

Ils se trouvaient maintenant dans une assez vaste salle dont la voûte suffisamment élevée permettait aux promeneurs de se tenir debout sans peine. Tout autour de cette salle se dessinaient des stalactites affectant, par un bizarre caprice de la nature, l'une, la forme d'un orgue aux magnifiques proportions ; une autre, celle d'une chaire si admirablement modelée, qu'on l'eût dit arrachée par la main impie d'une bande de Sarrasins à l'enceinte de quelque église du moyen-âge.

A l'extrémité de cette espèce de rotonde on entrevoyait une nouvelle galerie assez spacieuse et, au bout, cette clarté libératrice, baignant, à cette heure, la grotte.

Plus de doute, c'était cette seconde issue du souterrain, tant cherchée par les malheureux fugitifs, car cette lueur, pâle d'abord, fut bientôt traversée par un rayon éclatant : c'était le soleil qui se levait !

Il se levait si brillant, si splendide, que, malgré la distance, les deux jeunes gens aperçurent, avec une netteté parfaite, les cîmes des pins qui couronnaient les montagnes voisines ; dans le lointain, la mer constellée de diamants humides, roulant ses flots tranquilles dans son imposante majesté, et par dessus tout cela, le ciel radieux, dans un horizon d'éblouissant azur.

— Oh ! s'écria Emery hors lui : regarde !... Voilà cette deuxième entrée de la caverne que nos vœux ont appelée pendant nos heures de désespoir. Voilà le terme de nos maux !.. C'est la liberté, c'est la vie !

— La vie ! répéta Cassiette, dont la voix tremblante arriva comme un écho affaibli au cœur de son fiancé. Oui, c'est le jour. Là, existe l'issue qui doit nous ramener au monde des vivants. Mais elle se trouve loin encore... y arriverons-nous ? Mais, continua-t-elle en promenant ses regards surpris autour de la salle, où sommes-nous ?

Vois, ami, ce rocher. Il ressemble à un orgue... Ces prétrifications... On dirait une chaire... et aux parois de ces murs... je ne me trompe point ; il y a des lettres gravées, avec la pointe d'un clou, sur la pierre.

Emery, lui aussi, regardait curieusement :

— C'est la CHAPELLE DU DIABLE. — Je ne suis jamais venu ici, mais on m'a parlé souvent de cette partie de la Baume à laquelle on a donné ce nom en mémoire d'une légende que j'ai oubliée. Oui, voilà les inscriptions qu'on m'a décrites, continua le pauvre garçon qui ne savait pas lire : tiens, vois à gauche, celle-ci, plus longue que les autres... Ce doit être celle dont les anciens causaient à la veillée.

— Oui, je m'en souviens, murmura Cassiette : ils assuraient que, dans la *Chapelle du Diable,* ces mots étranges avaient été gravés sur la pierre par une main inconnue :

— LES VIVANTS —

QUI ENTRERONT ICI VENDREDI

AURONT PEUR

Mais, continua-t-elle étonnée ; quelles sont ces plantes qui nous environnent ? Ces fleurs blanches ?... Ce sont elles, sans doute, qui exhalent ce parfum que je sentais depuis un moment déjà ? Ah ! comme c'est agréable !... Comme c'est fort aussi ! Il me semble que cela me monte à la tête ; je me sens engourdie...

La grotte était bien éclairée à cette heure.

Emery regarda avec soin.

Plusieurs groupes de plantes à la tige flexible croissaient en effet contre les parois humides du rocher. A ces tiges éclataient de superbes grappes de fleurs blanches, ressemblant un peu à la jacinthe, et dont les pointes en forme de cloche étaient légèrement veinées de rose.

— *Les Fleurs mortelles !* s'écria Émery avec épouvante ; ce sont les *tubéreuses,* dont le parfum, si enivrant, devient perfide parce qu'il se combine avec le manque d'air.

On m'avait bien dit qu'il en poussait toute une végétation dans les parages de la *Chapelle du Diable.* Viens, ma Cassiette, fuyons vite !... Faible comme tu l'es, ces émanations pénétrantes te seraient funestes. Tâche de te mettre debout ; appuie-toi sur mon bras... il faut essayer de franchir cette galerie. Allons respirer la brise.

Une nouvelle terreur s'était emparée du pauvre garçon : sous ces voûtes, ils sentaient l'air manquer à leurs poitrines haletantes. Autour d'eux, les tubéreuses se dressaient.... Par une sorte d'hallucination, il sembla à Emery que leurs grappes, si perfidement odorantes, se pressaient, augmentaient, s'étendaient à vue d'œil et paraissaient couvrir tout le sol de la caverne... Emery, regardant Cassiette, la vit affaissée sur les fleurs, et aussi blanche qu'elles.

L'imminence du danger lui prêta un éclair de force.

Il s'était levé... Il voulut marcher.

— Viens ! répéta-t-il en s'emparant de la main de Cassiette pour l'attirer à lui.

Mais ses forces le trahirentt. Le mouchoir de Cassiette fermait mal sa blessure.

Un flot de sang vint inonder son bras.

Une faiblesse la reprit.

— Oh rage ! proféra-t-il en retombant malgré lui sur les fleurs maudites : impossible de marcher ! Toucher au salut et ne pouvoir l'atteindre ! Oh désespoir !

Alors, fou de douleur, n'ayant plus conscience de la situation, il s'écria, sans comprendre lui-même qu'il demandait l'impossible :

— Fuis ! Cassiette, fuis, toi ; sors d'ici.

Sans pouvoir bouger, Cassiette souleva péniblement sa tête.

— Je ne peux plus !... murmura-t-elle, mes forces sont épuisées, notre arrêt doit s'accomplir.

Va, ami, Dieu est bon ; plus de crainte à cette heure de l'horrible supplice qui nous menaçait ; nous n'avons plus à redouter ces étreintes de la faim et de la soif qui torturaient nos entrailles. Le ciel en soit béni ! L'idée du suicide ne s'est pas présentée à nous, et pourtant la fin va être hâtée. Les *Fleurs mortelles* acconmplissent leur œuvre. On ne nous avait point trompés, je le sens ; une sorte de torpeur d'un charme inexprimable m'envahit tout entière ; je m'en vais... Je te distingue à peine, mais je t'aime !.. oh ! je t'aime toujours plus. Je vois un horizon bleu ; l'air me paraît avoir une fraîcheur délicieuse... et ce parfum... il m'enivre !.. Il me semble que j'arrive dans une entrée inconnue... je suis entourée d'un cercle de rayons... tout resplendit autour de moi !.. je ne sais ce que j'éprouve ; ce n'est plus de la souffrance, c'est un indicible bonheur.

Tout ce qui restait encore de force vitale à Emery se concentra dans un immense cri de douleur.

— Oh ! ma bien-aimée, gémit-il, ce que tu ressens, je le comprends trop, hélas ! tu *meurs* !

Depuis un instant déjà les yeux de Cassiette étaient fermés ; elle parvint à soulever sa lourde paupière.

— Vois ! poursuivit-elle, d'un accent plus faible encore, et parlant comme dans un rêve : vois ces tubéreuses qui nous entourent ; c'est une blanche fleur de mariée. Il me semble qu'elles se serrent autour de moi. Elle me forment un cortège pour m'accompagner à l'église qui doit entendre nos serments. Cueille-les, ami, et donne-les moi... Regarde ; elles nous serviront de lit nuptial. Nous y commencerons un doux rêve d'amour qui se continuera dans l'éternité.

Elle ouvrit tout-à-coup ses yeux dont le regard devenait fixe ; sa main voulut saisir une des fleurs mortelles.

— La fatalité le veut, continua-t-elle ; ce beau lit nuptial est aussi notre couche funèbre. Oh ! ces tubéreuses !.. je sens que mon cerveau éclate !

Et arrêtant son regard qui avait pris soudain une étrange expression sur les mots gravés au sein du roc, elle ajouta :

— Tu sais ?... *l'inscription!*.. Ne dirait-on pas qu'elle a été mise là pour nous ?..

— CEUX QUI ENTRERONT ICI VENDREDI —

— AURONT PEUR —

. . . .

Elle eut peine à achever, elle retomba lourdement.

— Oh! ma Cassiette, sanglotta Emery, quelle image évoques-tu là ? Non, tu ne mourras point. . Je ne veux pas que tu meures !.. Tu ne peux marcher ; eh bien ! je te porterai, moi ! Nous n'aurons point entrevu le monde des vivants à quelques pas de nous, pour demeurer ensevelis dans cette tombe. Nous nous traînerons hors d'ici !

Il tenta un suprême effort et parvint à se mettre debout. Galvanisé par sa tendresse, il amassa tout ce qui lui restait de force dans ses deux bras tendus... Il essaya de soulever Cassiette... mais sa faiblesse trahit encore son courage. Il s'affaissa de rechef.

Tous deux roulèrent sur le sol.

— Oh! c'est fini ! râla le pauvre garçon, nous ne sortirons plus de ce sépulcre...

Voir la délivrance si près, et comprendre, pourtant, que tout est perdu... Oh ! c'est l'enfer.

Il frappa le rocher de sa pauvre tête en feu ; il laboura la terre avec ses ongles, puis ses sanglots se firent jour de nouveau.

— Au moins, reprit-il, si nous pouvions nous en aller ensemble ! Oh ! ne meurs pas encore, ma Cassiette ; attends-moi. Que nos âmes unies arrivent en même temps aux régions de l'éternel bonheur... M'entends-tu ?... Oh ! laisse-moi te dire adieu ! laisse-moi te donner à présent le baiser qui consacrera nos noces funèbres. Dis... veux-tu ?

— Non, ami, pas encore, articula à peine la voix de Cassiette, faible comme un soupir : tout à l'heure....

Il y eut un silence de quelques secondes.

Une inexprimable angoisse suspendait les palpitations du cœur d'Emery.

Tout-à-coup Cassiette, comme mûe par un ressort, se dressa droite... De ses deux bras froids comme le marbre, elle entoura le cou d'Emery : ses lèvres touchèrent les siennes.

Ce fut un choc électrique.

— Oh ! s'écria-t-il dans son indicible extase : ce baiser !... C'est le premier !

Il sentit le corps de Cassiette peser lourdement sur son épaule.

— Le *dernier !* murmura Cassiette.

Ses bras se détendirent.

Elle tomba morte sur le sol.

Quelques heures plus tard, la caverne, sombre témoin de cet horrible drame, s'emplissait d'animation et de lumière.

Fidèle à sa parole, Gaspard, le pauvre *pescadou,* cause involontaire d'un pareil malheur, était arrivé, dès les premiers feux du jour, pour délivrer ses amis.

Descendu avec précaution dans la Baume, il la trouva vide !

Un effroyable pressentiment étreignit son cœur... En vain, fit-il retentir la grotte de ses appels réitérés.

N'écoutant que son amitié, il s'engagea bravement dans le premier couloir.

Mais il n'avait emporté ni torche ni lanterne, et, après quelques moments d'efforts infructueux, il dut rebrousser chemin.

Affolé, alors, par son inquiétude et sa terreur, il courut donner l'alarme au village.

Inutile de décrire les appréhensions par lesquelles avaient passé les parents de Cassiette durant ces heures fatales qui s'étaient écoulées entre la disparition de leur fille et l'épouvantable nouvelle apportée soudain par le *pescadou*.

Les pauvres *calignaïres* ne s'étaient pas trompés.

C'étaient bien les aboiements de Loubet qu'ils avaient entendus.

Mesté Bouis, comprenant que sa fille s'était enfuie, se lança à sa recherche, aidé de Mesté Tisté, furieux.

Ils avaient emmené le chien.

Parcourant au hasard la campagne, ils aboutirent à la grotte Roland.

Loubet, agité et flairant, s'introduisit dans le souterrain où les deux hommes suivirent sa piste.

Mais les fugitifs étaient déjà loin ; et sur le sol argileux et semé de flaques d'eau que présentait la baume, le chien perdit leurs traces.

Induits en erreur par le profond silence de ces lieux sombres, les deux paysans se contentèrent d'explorer la première salle, et sans pénétrer dans le passage, fort difficile, et qui semblait désert, ils quittèrent la caverne pour continuer ailleurs leurs investigations.

Pas n'est besoin d'ajouter qu'ils rentrèrent, plus tard, au logis sans avoir rien découvert.

La révélation de Gaspard, arrivant tout-à-coup, redoubla leurs regrets et leur désespoir.

Le village entier s'entretenait de cet évènement.

A l'arrivée du *pescadou* l'angoisse se répandit comme une traînée de poudre.

Les habitants de Montredon se munirent de torches, d'échelles et de cordes, et partirent, ayant à leur tête Gaspard et Mesté Bouis.

Quant au fabricant d'huile salonnais, il demeura prudemment à la bastide, car il devinait une tragédie dont il se sentait trop la cause.

Observant les précautions voulues, toute cette troupe pénétra dans la baume Roland et, après bien des recherches à travers les salles et les couloirs, atteignit la *Chapelle du Diable*.

Là, étendue sur les *Fleurs mortelles* qui lui formaient une couche funèbre et poétique à la fois, on trouva la pauvre Cassiette, sans vie... A ses côtés, Emery, fou de douleur, respirait encore, mais, hors d'état de parler, il n'avait pu répondre aux appellations de ses amis.

Transporté aussitôt à l'air libre, soutenu par des cordiaux puissants, il vécut quelques heures.

Il put raconter les émouvants détails de ce triste drame, et transmettre à la pauvre misé Bouis le suprême adieu de sa fille.

A la fin du jour ses dernières forces s'épuisèrent et il alla rejoindre celle qu'il avait tant aimée.

L'infortunée mère de Cassiette languit quelque temps; toujours résignée, toujours douce... se livrant sans murmure à ses occupations journalières, mais ne parlant presque plus.

Aux heures de repos, sa seule distraction était de cueillir des *cassies* et d'en former un petit bouquet qu'elle semait au hasard, autour d'elle, en se promenant dans la pinède, en proférant à demi-voix des paroles étranges dont on ne pouvait saisir le sens...

Bientôt Dieu eut pitié : il la réunit à sa fille.

Mesté Bouis vécut de longues années. Il ne s'entretint plus de ces évènements, mais jamais on ne le vit sourire.

Les jeunes filles, amies de la malheureuse victime, voulurent rendre un pieux hommage à sa mémoire : bien que cet arbuste soit peu en usage dans un lieu funèbre, elles plantèrent *un cassier* sur sa tombe.

Pendant les douces nuits étoilées, à la saison printanière, peut-être la bise discrète apporte-t-elle à la pauvre endormie les premières senteurs de ses fleurettes chéries avec l'écho des dernières paroles d'amour de son bien-aimé!...

Cet évènement fit une profonde sensation dans le pays, et souvent encore, à la veillée, les anciens racontent à la jeunesse attentive la touchante légende des infortunés *calignaïres de Montredon*.

FIN.

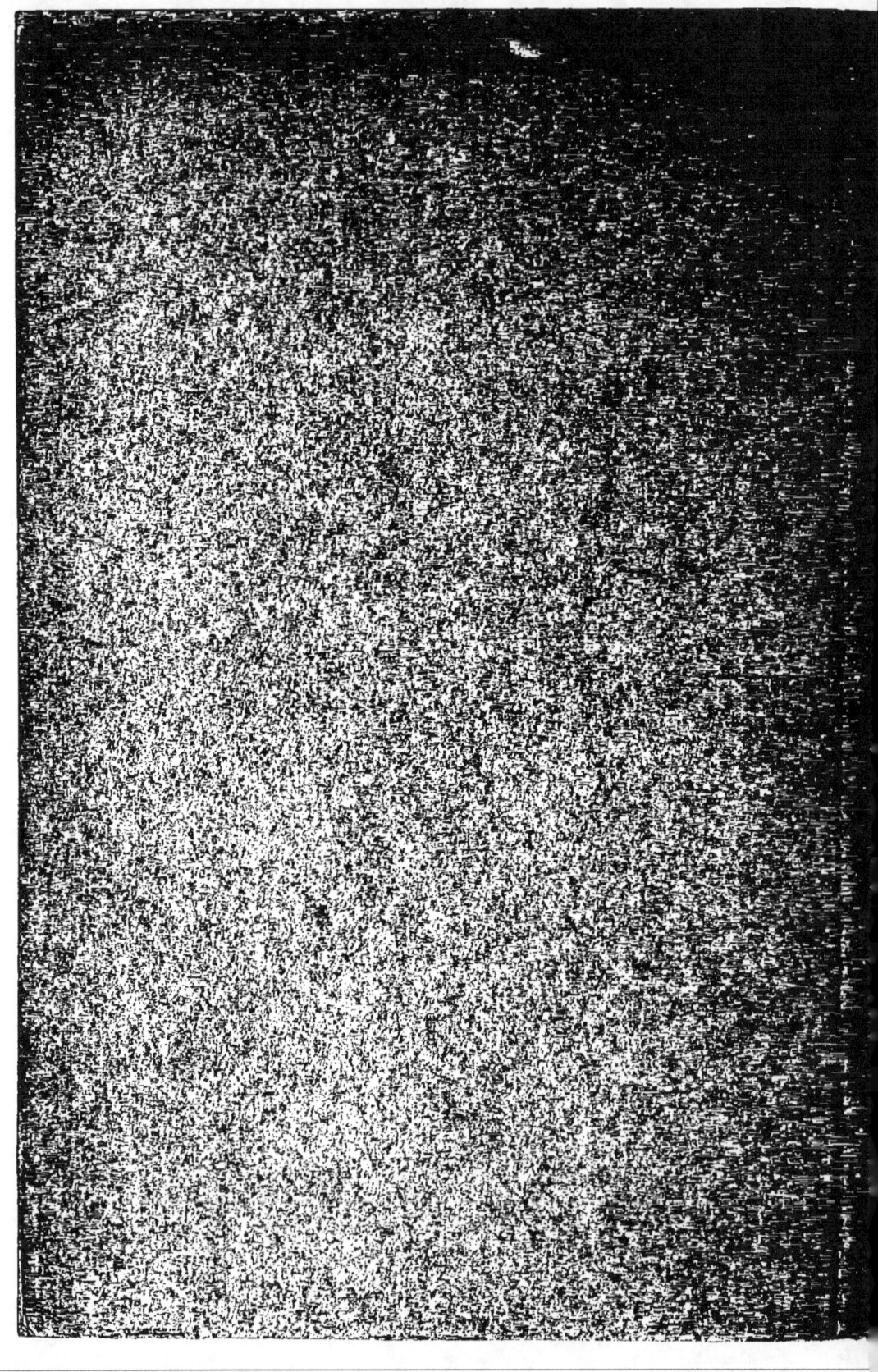

www.ingramcontent.com/pod-product-compliance
Lightning Source LLC
Chambersburg PA
CBHW060806180626
46818CB00002B/721